www.ingramcontent.com/pod-product-compliance
Lightning Source LLC
LaVergne TN
LVHW010812051026
849532LV00007B/2518
* 9 7 8 9 3 6 9 0 8 1 4 2 4 *

منتخب اردو افسانے

(حصہ: ۴)

مرتبہ:

سید حیدر آبادی

© Taemeer Publications LLC

Muntakhab Urdu Afsane - Part:4 *(Short Stories Anthology)*

by: Syed Hyderabadi

Edition: December '2024

Publisher :

Taemeer Publications LLC (Michigan, USA / Hyderabad, India)

ISBN 978-93-6908-142-4

کتاب	:	**منتخب اردو افسانے (حصہ:4)**
ترتیب و تدوین	:	**سید حیدرآبادی**
صنف	:	فکشن
ناشر	:	تعمیر پبلی کیشنز (حیدرآباد، انڈیا)
سالِ اشاعت	:	۲۰۲۴ء
صفحات	:	۱۳۰
سرورق ڈیزائن	:	تعمیر ویب ڈیزائن

فہرست

وہ

بلراج مینرا

جب اس کی آنکھ کھلی؛ وہ وقت سے بے خبر تھا

اس نے دایاں ہاتھ بڑھا کر بیڈ ٹیبل سے سگریٹ کا پیکٹ اٹھایا اور سگریٹ نکال کر لبوں میں تھام لیا۔

سگریٹ کا پیکٹ پھینکے کر اس نے پھر ہاتھ بڑھایا اور ماچس تلاش کی

ماچس خالی تھی۔

اس نے خالی ماچس کمرے میں اچھال دی۔

خالی ماچس چھت سے ٹکرائی اور فرش پر آن پڑی

اس نے ٹیبل لمپ روشن کیا۔

بیڈ ٹیبل پر چار پانچ ماچسیں الٹی سیدھی پڑی ہوئی تھیں۔

اس نے باری باری سب کو دیکھا۔

سب خالی تھیں

اس نے لحاف پھینکا اور کمرے کی بتی روشن کی۔

دو بجے رہے تھے۔

فرش برف ہو رہا تھا

ابھی دو بجے ہیں، میں وقت سے بے خبر تھا، میں سمجھ رہا تھا صبح ہونے کو ہے!

آج یہ بے وقت نیند کیسے کھل گئی؟؟

اک بار آنکھ کھل جائے، پھر آنکھ نہیں لگتی!

اس نے تمام کمرا چھان مارا۔

کتابوں کی الماری، ویسٹ پیپر، پتلون کی جیبیں۔۔ماچس کہیں نہ ملی۔

اس نے ایک ایک کتاب الٹ دی۔۔ کوئی دیاسلائی نہ ملی

کمرے کی بری حالت ہوگئی تھیں،

کپڑے ادھر ادھر بکھرے پڑے تھے ٹرنک کھلا ہوا تھا۔

کوئی آجائے اس سمے؟؟

رات کے دو بجے؟ کمرے کی یہ حالت؟

سگریٹ اس کے لبوں میں کانپ رہا تھا۔ سلگتے سگریٹ اور دھڑکتے دل میں کتنی مماثلت ہے!

ماچس کہاں ملے گئی؟

ماچس نہ ملی تو کہیں۔۔۔۔۔۔۔

تو کہیں۔۔۔۔۔۔

کہیں میر اڈھرکتا دل خاموش نہ ہو جائ

آج یہ بے وقت کیسے کھل گئی

میں وقت سے بے خبر تھا

اک بار آنکھ کھل جائے، پھر آنکھ نہیں لگتی

ماچس کہاں ملے گی؟

اس نے چادر کندھوں پر ڈالی اور کمرے سے باہر آ گیا۔

دسمبر کی سرد رات تھی، سیاہی کی حکومت اور خاموشی کا پہرہ۔

کسی ایک طرف قدم اٹھانے سے پہلے وہ چند لمحے سڑک کے وسط میں کھڑا رہا۔ جب اس نے قدم اٹھائے،

وہ راستے سے بے خبر تھا۔

رات کالی تھی، رات خاموش تھی اور دور دور تا حد نظر، کوئی دکھلائی نہیں دے رہا تھا لمپ پوسٹوں کی مدھم روشنی رات کی سیاہی اور خاموشی کو گہرا کر رہی تھی اور چوراہے پر اس کے قدم رک گئے۔ یہاں تیز روشنی تھی کہ دودھیا روشنی کی ٹیوبیں چمک رہی تھیں لیکن خاموشی جوں کی توں تھی کہ ساری دکانیں بند تھیں۔

اس نے حلوائی کی دوکان کی جانب قدم بڑھائے۔

ممکن ہے بھٹی میں کوئی کوئلہ مل جائے، دہکتا کوئلہ، دم بہ لب کوئلہ!

حلوائی کی دوکان کے چبوترے پر کوئی لحاف میں گٹھری بنا سو رہا تھا۔

وہ بھٹی میں جھانکا ہی تھا کہ چبوترے پر بنی گٹھری کھل گئی۔ کون ہے؟ کیا کر رہے ہو؟

میں بھٹی میں سلگتا ہوا کوئلہ ڈھونڈ رہا ہوں!

پاگل ہو گیا؟ بھٹی ٹھنڈی پڑی ہے؟

تو پھر!

پھر کیا! گھر جاؤ

ماچس ہے آپ کے پاس؟

ماچس؟

ہاں مجھے سگریٹ سلگانا ہے!

تم پاگل ہو! جاؤ میری نیند خراب مت کرو جاؤ!

تو ماچس نہیں ہے آپ کے پاس؟

ماچس سیٹھ کے پاس ہوتی ہے وہ آئے گا اور بھٹی گرم ہو گی۔ جاؤ تم!

وہ پھر سڑک پر آ گیا۔

سگریٹ اس کے لبوں میں کانپ رہا تھا۔ اس نے قدم بڑھائے۔

چوراہا پیچھے رہ گیا، تیز روشنی پیچھے رہ گئی؛ کیا کیا کچھ نہ پیچھے رہ گیا۔

اس کے قدم تیزی سے اٹھ رہے تھے

لیمپ پوسٹ، لیمپ پوسٹ لیمپ پوسٹ ان گنت لمپ پوسٹ پیچھے رہ گئے دھیمی روشنیوں والے لیمپ پوسٹ جو رات کی سیاہی اور خاموشی کو گہرا کرتے ہیں۔

یکایک اس کے قدم رک گئے۔

سامنے سے کوئی آ رہا تھا۔

وہ اس کے قریب آ کر رک گیا۔

ماچس؟

مجھے سگریٹ سلگانا ہے

نہیں، میرے پاس ماچس نہیں ہے۔۔ میں اس علت سے بچا ہوا ہوں۔۔۔

میں سمجھا

کیا سمجھے؟

شائد آپ کے پاس ماچس ہو!

میرے پاس ماچس نہیں ہے۔ میں اس علت سے بچا ہوا ہوں اور اپنے گھر جا رہا

ہوں۔ تم بھی اپنے گھر جاؤ!

اس نے قدم بڑھائے۔

سگریٹ اس کے لبوں میں کانپ رہا تھا

وہ دھیمے دھیمے قدم اٹھا رہا تھا کہ تھک گیا تھا۔

وقت سے بے خبر، اس کے تھکے تھکے قدم اٹھ رہے تھے۔

لمپ پوسٹ مدھم روشنی پھیلی ہوئی دکھائی دیتی اور پھر سیاہی۔

پھر لمپ پوسٹ مدھم روشنی اور پھر سیاہی۔

وہ لبوں میں سگریٹ تھامے دھیمے دھیمے قدم اٹھا رہا تھا۔

اس کے پھیپھڑوں تک دھواں کھینچے کی طلب شدید ہو گئی تھی۔

اس کا بدن ٹوٹ رہا تھا۔

شب خوابی کے لباس اور چادر میں اسے سردی لگ رہی تھی۔

وہ کانپ رہا تھا اور کانپتے قدموں سے دھیمے دھیمے بڑھ رہا تھا؛ وقت سے بے خبر؛ لمپ پوسٹوں سے بے خبر۔

اک بار پھر اس کے قدم رک گئے

اس کی نظروں کے سامنے خطرے کا نشان تھا

سامنے پل تھا؛ مرمت طلب پل۔

حادثوں کی روک تھام کے لئے سرخ کپڑے سے لپٹی ہوئی لالٹین سڑک کے بیچوں بیچ اک تختے کے ساتھ لٹک رہی تھی۔

اس نے لالٹین کی بتی سے سگریٹ سلگانے کے لیے قدم اٹھایا ہی تھا کہ

کون ہے؟

وہ خاموش رہا۔

سیاہی کی اک انجانی تہہ کھول کر سپاہی اس کی طرف لپکا۔

کیا کر رہے تھے؟

کچھ نہیں!

میں کہتا ہوں کیا کر رہے تھے؟

آپ کے پاس ماچس ہے؟

میں پوچھتا ہوں کیا کر رہے تھے اور تم کہتے ہو ماچس ہے۔ کون ہو تم۔۔۔؟

مجھے سگریٹ سلگانا ہے، آپ کے پاس ماچس ہے ہو تو۔۔۔۔۔

تم یہاں کچھ کر رہے تھے؟

میں۔۔۔۔۔

کہاں رہتے ہو؟

ماڈل ٹاؤن

اور تمھیں ماچس چاہیے۔۔۔ ماڈل ٹاؤن میں رہتے ہو۔۔۔ ماڈل ٹاؤن کہاں ہے؟

ماڈل ٹاؤن

اس نے گھوم کر اشارہ کیا۔ دور دور، تا حدِ نظر، سیاہی پھیلی ہوئی تھی۔

چلو میرے ساتھ تھانے تک۔۔۔ ماڈل ٹاؤن۔۔۔؟ یہاں سے دس میل کے فاصلے پر ہے۔۔۔ ماچس چاہیے نا۔۔۔۔۔ تھانے میں مل جائے گی!

سپاہی نے اس کا بازو تھام لیا۔

وہ سپاہی کے ساتھ چل پڑا

تھانہ اسی سڑک پر تھا جو ختم ہونے کو نہ آتی تھی

وہ سپاہی کے ساتھ تھانے کے اک کمرے میں داخل ہوا

کمرے میں کئی آدمی ایک بڑی میز کے گرد بیٹھے ہوئے تھے

سب سگریٹ پی رہے تھے

میز پر سگریٹ کے کئی پیکٹ اور ماچسیں پڑی ہوئی تھیں

صاحب! یہ شخص پل کے پاس کھڑا تھا۔ کہتا ہے ماڈل ٹاؤن میں رہتا ہوں اور ماچس ماچس کی رٹ لگائے ہوئے ہے

کیوں بے؟

اگر آپ اجازت دیں تو آپ کی ماچس استعمال کر لوں۔ مجھے اپنا سگریٹ سلگانا ہے؟

کہاں رہتے ہو؟ ماڈل ٹاؤن۔ کیا میں آپ کی ماچس لے سکتا ہوں؟

کیا کرتے ہو؟

میں اجنبی ہوں! کیا میں ماچس۔۔۔۔۔

ماڈل ٹاؤن میں کب سے رہتے ہیں ہو؟ تین ماہ سے! ماچس۔۔۔

ماچس۔۔۔۔ ماچس کا بچہ اجنبی۔۔۔ جاؤ اپنے گھر۔۔۔۔ ورنہ بند کر دوں گا۔۔۔

ماچس۔۔۔۔؟

جب وہ تھانے سے باہر آیا، وہ بری طرح تھک چکا تھا

اس نے اس نہ ختم ہونے والی سڑک پر دھیمے دھیمے چلنا شروع کر دیا۔

اس کی ناک سوں سوں کرنے لگی تھی اور اس کا بدن ٹوٹنے لگا تھا

سگریٹ پینا ایک علت ہے؟

میں نے یہ علت کیوں پال رکھی ہے؟

ماچس کہاں ملے گئی

نہ ملی تو

وہ وقت سے بے خبر تھا؛ لیمپ پوسٹوں سے بے خبر تھا، سڑک سے بے خبر تھا، اپنے بدن سے بے خبر تھا

وہ گرتا پڑتا بڑھ رہا تھا۔ اس کے لغزش زدہ قدموں میں نشے کی کیفیت تھی

پو پھٹی اور وہ دم بھر کو رکا

دم بھر کو رکا اور سنبھلا۔۔۔ سنبھلا اور اس نے قدم اٹھانا ہی چاہا کہ۔۔

سامنے سے کوئی آ رہا تھا اور اس کے قدم لغزش کھا رہے تھے

وہ اس کے قریب آ کر رکا۔

اس کے لبوں میں سگریٹ کانپ رہا تھا

آپ کے پاس ماچس ہے؟

ماچس؟

آپ کے پاس ماچس نہیں ہے!

ماچس کے لیے تو میں۔۔۔۔۔

وہ اس کی بات سنے بنا ہی آگے بڑھ گیا۔

آگے، جدھر سے وہ خود آیا تھا۔ اس نے قدم بڑھایا۔

آگے؛ جدھر سے وہ آیا تھا۔

Ref.: penslipsmagazine.com

***

وارنٹ

سعیدہ گزدر

"بھلائی" کے ایڈیٹر بخاری صاحب کا مکان یہی ہے ؟"

انسپکٹر نے بائیں ہاتھ کی ہتھیلی پر دوسرے ہاتھ میں پکڑا ہوا چھوٹا سا ڈنڈا ہلکے ہلکے مارتے ہوئے پوچھا۔ ایک پیڑ کی چھاوں میں چارپائی کے اوپر کچھ لوگ بیٹھے تھے۔ دو تین مونڈھے آس پاس رکھے تھے۔ ان میں سے ایک پر بخاری صاحب کا بڑا بیٹا بیٹھا تھا۔

"جی یہی ہے۔" اس لڑکے نے ہاتھ ہلاتے ہوئے افسردہ لہجے میں جواب دیا۔

"انہیں اطلاع کر دیجئے کہ میں ملنا چاہتا ہوں " انسپکٹر نے کھڑے کھڑے رکھائی سے کہا۔

"جی۔ بیٹھئے گا نہیں ؟" لڑکے نے سٹ پٹا کر انسپکٹر کا چہرہ دیکھا۔

"نہیں شکریہ۔ مجھے بخاری صاحب سے کام ہے۔"

"وہ اب کہاں ملیں گے ؟"

"کیوں ؟ کہاں چلے گئے ؟" انسپکٹر نے چونک کر لڑکے کو دیکھا

" وہ تو ہم سب کو چھوڑ کر چلے گئے " لڑکے نے گہری سانس لیتے ہوئے آسمان کی طرف دیکھا" کبھی نہ واپس آنے کے لئے "

"ہنھ۔ روپوش ہو گئے ؟ انسپکٹر نے سخت برہمی سے کہا، "لیکن میں۔۔۔""

" جی۔ ہمیشہ کے لئے، منوں مٹی تلے " لڑکا مونڈھے پر بیٹھنے لگا۔ اسے انسپکٹر کے لہجے کی بے حسی سے کوفت محسوس ہو رہی تھی۔

" آپ مجھ سے کس قسم کے ڈائیلاگ بول رہے ہیں؟" انسپکٹر نے ناگواری سے کہا۔

" اور میری سمجھ میں یہ نہیں آرہا کہ پُرسے کے لئے آنے اور گفتگو کرنے کا یہ کون سا ڈھنگ ہے؟" لڑکے نے تیز لہجے میں بات کی

" پُرسے کو، پُرسے کو کون آیا ہے اور کس کے پُرسے میں؟ میں تو بخاری صاحب کو پوچھ رہا ہوں۔

" میں یہی تو بتا رہا ہوں کہ میرے والد پرسوں ہم سب کو چھوڑ کر اللہ کو پیارے ہو گئے۔ "

" آپ غلط بیانی سے کام نہ لیجئے۔ قانون کا احترام کیجئے ورنہ والد کی جگہ ہو سکتا ہے آپ تھانے میں ہوں۔ "

" یہ کوئی نئی بات نہ ہو گی۔ آپ مجھے قانون کا احترام کرنا سکھا رہے ہیں اور میری بات کا بھروسہ نہیں کرتے۔ کیا میں ایسا چھچھورا دکھائی دیتا ہوں کہ اپنے والد کی زندگی اور موت کے بارے میں ایسا بھونڈا مذاق کروں گا؟" لرکے کو اب بہت غصہ آرہا تھا انسپکٹر کی بے اعتباری پر۔

" بھروسہ کرنے لگوں تو کل یہ وردی اتارنی پڑے گی " ایک قدم آگے بڑھاتے ہوئے لڑکے کی آنکھوں میں آنکھیں ڈال کر تحکمانہ لہجے میں بات شروع کی۔ " میں یہاں کا باشندہ نہیں ہوں لیکن زمانہ گزر گیا ہے اس جگہ ملازمت کرتے ہوئے۔ چڑیوں تک کو پہچانتا ہوں۔ میرے پاس بخاری صاحب کی گرفتاری کے وارنٹ ہیں۔ " جیب سے ناقابل ضمانت وارنٹ گرفتاری نکال کر دکھایا " مجھے بھی بے وقت کا مذاق سخت ناپسند ہے۔

مہربانی کر کے انہیں جا کر اطلاع دیجئے ورنہ ہمیں گھر کی تلاشی لینا پڑے گی"

" آپ برسوں سے یہاں ملازمت کر رہے ہیں اور میرے آبا و اجداد کی ہڈیاں اس زمین میں دفن ہیں۔ آپکو یقین کر لینا چاہئے، میرے والد اتنے بھی غیر معروف نہیں تھے "لڑکا بری طرح جھنجھلا رہا تھا اور شدت سے چاہتا تھا کہ انسپکٹر کو دھکے دے کر گھر سے باہر نکال دے یا کچھ ایسا ہو کہ اس آدمی سے اسے بات نہ کرنی پڑے۔

"مجھے گھر کی تلاشی لینی پڑے گی" انسپکٹر نے اپنے ساتھیوں کو اشارہ کیا۔

"میں اسکی اجازت نہیں دے سکتا، یہ میری توہین ہے۔" لڑکا کُود کر بیچ میں آگیا۔" پوری بستی جانتی ہے میرے والد پرسوں انتقال کر گئے اور آپ کو ذرا خیال نہیں کہ آپ کیا کر رہے ہیں۔"

" یہ وارنٹ مجھے اختیار دیتا ہے کہ میں جس طرح چاہوں اپنا اطمینان کروں۔" انسپکٹر نے پھر وارنٹ دکھایا۔

"چاہے آدمی مر چکا ہو" لڑکا غصے سے سرخ ہو رہا تھا۔

"چاہے آدمی مر چکا ہو" انسپکٹر نے فیصلہ کن لہجے میں کہا

لڑکا جواب دینے ہی والا تھا کہ چند لوگ بیچ میں آ گئے۔ انہیں معلوم تھا کہ انسپکٹر نسبتاً شرافت سے کام لے رہا ہے ورنہ عام حالات میں لڑکے کا منہ، ہاتھ پاوں اور جسم اب تک لہولہان ہو چکا ہوتا۔

تلاشی شروع ہوئی۔ کرسی، میز، پلنگ سب کے نیچے، پھر صوفوں کے گدے، تکیے وغیرہ ادھیڑ دئے گئے۔ گھر والوں نے احتجاج کرنا چاہا تو آگے بندوق کر کے بس اتنا کہنا کافی ہوا۔

"یہی طریقہ ہے"

اماریاں کھول کر ان میں رکھا سامان، کپڑا لتا بکھیر دیا گیا۔ برسوں سے بند پڑے خالی صندوق، کنستر، مٹکے اور برتن کھولے تو ان میں جھینگر اور دوسرے کیڑے نکل کر بھاگے۔ ایک سپاہی پیٹ کے بل لیٹ کر چوہے دان میں جھانکنے لگا۔ لڑکا دونوں ہاتھ باندھے دیوار سے ٹیک لگائے یہ سب کچھ دیکھ رہا تھا۔ غم، غصے اور بے بسی کی شدت سے اسکا دماغ سنسنا رہا تھا اور کانوں کے پیچھے، انتہائے ضبط سے کوئی رگ بر طرح دکھنے لگی تھی۔

"مرغی خانے میں دیکھا؟" انسپکٹر نے سپاہی سے پوچھا

"جی"

"اور پیچھے صحن میں؟"

"اُس طرف عورتیں۔۔۔۔۔"

"میں نے کیا کہا تھا؟ کوئی جگہ نہیں چھوڑنی ہے۔" انسپکٹر نے سخت غصے میں کہا۔ بخاری کی موت جیسے اس کی قوت اور اختیار کے لئے چیلنج بن گئی تھی۔

ایک کانسٹیبل کوئلے کی کوٹھری میں سے باہر نکلا تو پورا کالک میں اٹ گیا تھا۔ بچے اسے دیکھ کر ہنس پڑے۔

"اپنا حلیہ ٹھیک کرو"۔۔ انسپکٹر اپنے آدمی کا مذاق بنتے اور بخاری کے بیٹے کی غم و غصے میں ڈوبی بے حد سنجیدہ اور خاموش صورت دیکھ کر کھسیا گیا۔ "ہاتھ منہ صاف کرو" اس نے صحن سے کچھ فاصلے پر کنویں کی طرف اشارہ کیا۔ پھر کچھ سوچ کر آہستہ آہستہ خود بھی کنویں کی جانب چل دیا۔ تھوڑی دیر تک وہ یون ہی کنویں کا چکر لگاتا رہا پھر جھانک جھانک کر اندر دیکھنے لگا۔ آخر ہر لحاظ کو چھوڑ کر اپنے آدمیوں کو آواز دی کہ کنویں کی تلاشی بھی لی جائے گی۔ وہاں بھی کچھ نہ ملا بجز ایک مینڈک کے۔

"میں موت کا سرٹیفکیٹ دیکھ سکتا ہوں" انسپکٹر ابھی تک گھر سے باہر جانے میں جھجھک محسوس کر رہا تھا۔ سرٹیفکیٹ لایا گیا۔

"ہنھ۔۔؟" وہ کافی دیر کاغذ کو گھورتا رہا جیسے ذہن پر زور دے کر کچھ سوچ رہا ہو۔ "میں ان کی قبر دیکھ سکتا ہوں؟" آخر اس سے نہیں رہا گیا۔ لڑکا ہک۔ا بک۔ا انسپکٹر کی شکل دیکھتا رہ گیا۔

"چلئے۔۔۔ میرے پاس آپ کے شک کا کوئی علاج نہیں" وہ طنز سے بولا اور آگے آگے چل پڑا۔

"یہاں میری نہ جانے کتنی پشتیں۔۔۔۔" لڑکا کہتے کہتے خاموش ہو گیا۔

"آپ کے والد۔۔۔؟"

لڑکے نے ایک تازہ قبر کی جانب اشارہ کیا جس پر تازہ پھول پڑے تھے اور اگر بتیوں کا دھواں اٹھ رہا تھا۔ لڑکا فاتحہ پڑھنے لگا۔ انسپکٹر چاروں طرف سے گھوم کر قبر کا معایئنہ کرنے لگا۔

"بند ہے" لڑکے سے آخر صبر نہیں ہوا۔

"جی۔۔!" انسپکٹر کچھ شرمندہ لگ رہا تھا۔

"یہ کہ اس علاقے میں قبر کو چاروں طرف سے بند کر دیتے ہیں۔ پاٹ دیتے ہیں۔" لڑکے نے علاقے پر زور دیتے ہوئے کہا۔

"اچھا۔ پھر میں فاتحہ پڑھ لوں؟" انسپکٹر نے سوالیہ نظروں سے دیکھا۔ لڑکے نے کندھے اچکا دیئے۔ ڈنڈا بغل میں داب کر انسپکٹر فاتحہ پڑھنے لگا۔

"ایک بات بتایئے انسپکٹر صاحب۔" لڑکا پولیس پارٹی کے ساتھ ساتھ چلتا ہوا قبرستان سے باہر نکلا۔ "آپ کے خیال میں میرے والد کا جرم اتنا سنگین تھا کہ آپ سے

چھپنے کے لئے انہیں مرنے کا بہانہ کرنا پڑتا؟"

"کہہ نہیں سکتا" انسپکٹر نے رفتار دھیمی کرتے ہوئے کہا۔ "میرے پاس چوروں، ڈاکوؤں اور مقامی مجرموں کی جو فہرست ہے اس میں ان کا نام نہیں ہے۔" پھر کچھ سوچ کر بولا "برا نہ مانئے گا، مجھے اپنا فرض پورا کرنا تھا۔ گرفتاری کے احکام اوپر سے آئے تھے اور کچھ کہا نہیں جاسکتا کہ ان کا جرم کتنا سنگین تھا۔ ہو سکتا ہے آپ کے والد نے رسالے میں کچھ لکھ دیا ہو۔۔۔" انسپکٹر رک گیا۔ پھر ہاتھ آگے بڑھاتے ہوئے بولا "بہر حال مجھے افسوس ہے"

"کس بات کا؟" لڑکے نے مصافحہ کرتے ہوئے پھیکی سی مسکراہٹ سے پوچھا۔

Ref.: penslipsmagazine.com

***

بایاں ہاتھ

خالدہ حسین

جناب والا میں سچ کہوں گی۔ بالکل سچ۔ پورا سچ نہیں مگر سچ, گو کہ یہ سب کہتے ہوئے بھی میں نہیں جانتی کہ سچ کیا ہے۔ یہ تو ایک ایسی تشبیہہ ہے جو کوئی ایک دیکھے تو سیاہ بالکل سیاہ نظر آتی ہے کوئی دوسرا دیکھے تو روشن چمکتی دھوپ ایسی روشن، تو کیا یہ کوئی آنکھ کا نقص ہے دونوں میں سے کون آشوب چشم کا شکار ہے بہر حال یہ تو بالکل غیر متعلق سی بات بیچ میں آن پڑی تھی۔

میں تو بات اس لمحے سے شروع کرنا چاہوں گی جب اپنے حواس پر سے میرا ایمان اٹھ گیا۔ وہ دن بڑا اتباہی کا دن تھا صد حیف اس دن پر کہ جب یکدم یہ جانا کہ دنیا رنگوں، خوشبوؤں اور آوازوں کا تنوع مر گیا ہر چیز کا ذائقہ ایک سا ثقیل، تہہ میں زبان پر جمنے لگا۔ تمام لمس ایک سے لمس ہو گئے۔ بس ایک مٹیالا زرد نیند میں ڈوبا دن ہر چیز پر محیط ہو گیا۔ میں نے جو چیز منہ میں ڈالی ایک مٹیالا ذائقہ چھوڑ گئی۔ چیزوں کے رنگ ان مٹی بھر ساعتوں میں ڈوب گئے اور اپنے پیاروں کے لمس دور دراز کے لاتعلق سابقے بن گئے۔

کچھ دن تو میرے کنبے کے لوگ یہ سب کچھ دیکھتے اور برداشت کرتے رہے پھر سب کو میرے چہرے کی لاتعلقی اور خالی پن سے کوفت ہونے لگی۔ میرے زوج نے تنگ

آکر کہا مجھے لگتا ہے میں کسی پتھر کے ساتھ عمر قید کاٹ رہا ہوں۔ مجھے اس کی یہ بات بہت پسند آئی کیونکہ ایک عرصے سے مجھے اپنا آپ سڑک کے کنارے کھڑے گرد میں اٹے حروفمٹے سنگ میل کی طرح نظر آرہا تھا۔ شاں شاں شاں قریب سے تیز رفتار گاڑیاں گرد اڑاتی چلی جارہی تھیں اور اب ہر طرف صرف شان شاں کی مسلسل دبی ہوئی کبھی ابھرتی ہوئی گونج تھی۔

شاید یہ سب باتیں آپ کو نہایت غیر ضروری اور لاتعلق نظر آئیں خود مجھ کو بھی ایسی ہی نظر آتی ہیں مگر پھر آخر آنکھ کو تو کچھ دیکھنا، کان کو تو کچھ سنا ہے۔ اگر یہ نہیں تو اس کے علاوہ بھی اور جو کچھ بھی ہے یہی ہے۔ شاید اب میں آپکو الجھا رہی ہوں میں اس تمہید کو ختم کرکے اب اصل واقعہ کی طرف آتی ہوں۔

جناب والا۔ جیسا کہ میں نے عرض کیا وہ دن بڑا خرابی کا دن تھا جب اپنے حواس پر سے میرا ایمان اٹھ گیا۔ کچھ روز تو میں اپنے آپ کو ملامت کرتی رہی۔ میں نے اپنے آپ کو خوب خوب کوسا کہ اے بنت حوا لعنت ہے تجھ پر جو تو نے اپنے آپکو یوں نفس کے حوالے کردیا۔ ہاں یہ نفس کے حوالے کرنا نہیں تو اور کیا ہے کہ انسان ہوتے ہوئے کوئی اپنے حواس کی نعمتوں سے فیض یاب نہ ہو جی۔ جی لبھانے والے رنگ دیکھے نہ میٹھی سریلی صدائیں اسکے کان میں پڑیں، انواع واقسام کے ذائقوں کے لئے اس کی زبان مر جائے۔ چنانچہ میں نے اپنے آپ پر سو بار لعنت کی اور میں بہت روئی بہت گڑگڑائی اپنے خالق کے حضور کہ بس اب ایک مہیب اندیشہ میرے سامنے چلا آتا تھا۔ وہ اندیشہ ایک عجیب اٹل ساعت کا تھا۔ نہ ٹلنے والی ساعت۔

میں نے بہت چاہا میں ایک بار پھر وہی وجود بن جاؤں جو دراصل میں تھی۔ وہ جو دیکھنے والوں کو بہت بھاتا تھا۔ جو لطیف خوشبوؤں اور رنگوں کی شبیہ تھی اور روح پرور

موسیقی کی لہر تھی۔ لیکن ایسا نہ ہوا میں نے سب سے، ان سب سے جو میری ذات کے ساتھ کوئی تعلق رکھتے تھے کہا، دیکھو سائیں سائیں کرتا ایک مہیب آسیب منہ کھولے میرے سامنے چلا آتا تھا۔ اگر اس آسیب نے مجھے نگل لیا تو تم کیا کرو گے ؟ اور پھر مجھے اپنی اس بات پر خود ہی ہنسی آگئی۔ دراصل کہنا تو مجھے یہ تھا کہ اگر اس آسیب نے مجھے نگل لیا تو میں کیا کروں گی؟ آخر دوسروں کے لئے اس آنے والی واردات کی کیا اہمیت ہو سکتی تھی اور پھر کون سا تعلق ایسا ہے کہ ٹوٹ نہیں سکتا۔ جب مجھے یہ احساس ہوا تو میں اپنے خالق کے حضور بہت روئی، بہت گڑگڑائی کہ مجھے اس آنکھ کے عذاب سے پناہ میں رکھ کہ یہ وہ کچھ دیکھتی ہے جو اسے نہیں دیکھنا چاہئے۔ اور مجھے خود اپنی ذات سے پناہ میں رکھ کہ یہ بڑی سفاک ہے۔ جب اپنی جان پر ظلم کرنے پر آتی ہے تو ٹلتی نہیں۔ مگر جناب والا میں آپ کو یہ بھی بتادوں کہ اس وقت بھی دراصل یہ رونا گڑگڑانا کچھ عجیب تھا کہ اندر سے جیسے گہرے خالی کنویں میں سے کوئی برابر کہتا چلا جاتا تھا کہ ایسا نہ ہو تو اچھا۔ اسی طرح ٹھیک ہے۔ ایک تاریک تجسس پنجے کھولے مجھے جکڑنے کو پل پل بڑھ رہا تھا۔

جناب والا۔ آپ ان باتوں سے یہ اندازہ نہ لگایئے کہ میں ان دنوں نارمل زندگی بسر نہیں کر رہی تھی جی نہیں ابھی مجھ میں اتنی روحانی منافقت تھی کہ میں تمام دنیاوی معمولات کو پورا کر سکوں اور دیکھنے والوں کو محض اتنا احساس ہوتا تھا کہ اس عورت کا چہرہ ایکدم سپاٹ اور خالی ہے اور اس کی آواز کہیں دور سے آتی محسوس ہوتی ہے۔

بس یہ انہی دنوں کا ذکر ہے جب میں اپنے شہر کے اس بڑے سٹور کے قریب سے گزری۔ ان دنوں اکیلے اکیلے سڑکوں پر پھرنا میرا کچھ معمول سا ہو گیا تھا۔ میں اس اسٹور کے باہر کھڑی ہو گی اور اسکے بڑے بڑے شوکیسوں میں جھانکنے لگی۔ کچھ لمحے میں نے تمام چیزیں ایک لاتعلقی سے دیکھیں۔ وہی لاتعلقی جو ایک عرصے سے مجھ پر حاوی تھی مگر

پھر وہ عجیب واقعہ ہوا۔

جناب والا۔ مجھے یوں لگا جیسے کسی نے بجلی کا تیز جھٹکا مجھے لگا دیا۔ سن سے بجلی کی تھرتھراہٹ سر سے لے کر میرے پاؤں کے ناخنوں تک پھیل گئی۔ پھر ایک دم ایک عجیب طرح کی میٹھی آسودگی میرے تمام جسم میں بھر گئی اور مجھے اپنے گرد رنگ ہی رنگ خوشبویں ہی خوشبویں، سُر ہی سُر پھیلے نظر آئے۔ اتنی خوبصورت دنیا تو میں نے کبھی بھولے بسرے بچپن میں میں دیکھی ہو گی۔ جب کبھی میں ماں کا ہاتھ تھامے کھلونوں بھرے بازار سے گزرتی تھی۔ اب مجھے حیرت تھی کہ دنیا ایک دن اتنی خوبصورت اتنی رنگین کیونکر ہو گئی۔ شوکیس میں سجی خوبصورت بوتلیں اور ان پر لگے رنگارنگ لیبل میری آنکھوں سے چپک گئے۔ وہاں ان شیشوں کے اندر رنگ و بو حسن و موسیقی کی ایک دنیا آباد تھی۔ وہ دنیا جو میرے لئے مر چکی تھی۔ یہ دنیا خریدی تو جا سکتی تھی مگر اس کے سراب ہو جانے کا خطرہ تھا۔ میں مسحور نظروں سے وہ سب کچھ دیکھتی رہی۔ مجھے وہ سات رنگا شیشہ یاد آ گیا جو کبھی بچپن میں اپنے بہن بھائیوں کے ساتھ مل کر روشنی کے سامنے رکھ کر دیکھتی تھی۔ کس قدر خوبصورت چمکتے شفاف اور شگفتہ رنگ نکلتے تھے اس میں سے۔ جی چاہتا تھا ان کو انگلیوں سے چھو کر دیکھو، مٹھیوں میں قید کر لو۔ وہ رنگ اکیلے اس سات رنگے شیشے میں سے نہ نکلتے تھے۔ ان کے ساتھ ہی وہ ایک خوشبوؤں، سروں اور محبت بھرے

لمحوں کی لہریں تھیں کہ ارد گرد بہنے لگتی تھیں اور جاتے جاتے ایک نیم بے ہوش اداسی دل کو دے جاتی تھیں۔ تو آج وہ سب رنگ و بو حسن و موسیقی کی دنیا اس شوکیس کے شیشے کے ساتھ ناک چپکا دی تھی۔ اتنی بہت سی خوبصورت چیزیں گویا ایک جنت گم گشتہ تھی اور اس جنت گم گشتہ کو پا لینے کا ایک جنون میٹھی میٹھی لہریں بن کر میرے دل و

دماغ کو جکڑتا گیا۔ میں ایک دھڑکتے لطیف جال میں لپٹ گئی کہ جس سے نکلنا اس خوبصورت دنیا کی موت تھی دنیا جو برسوں بعد مجھے نظر آئی تھی۔ وہ ایک عجیب شوق انگیز لہر تھی کہ مجھے مست بناتی چلی گئی۔

"بیگم صاحبہ اندر تشریف لے آئیں" اسٹور کے دروازے پر سے سیلز مین نے مجھے مخاطب کیا تھا۔ میں چونکی۔ کوئی انجانا فیصلہ ابہام کی حدوں کو کاٹنے والی سوچ میرے ذہن میں داخل ہوئی۔ میں مسکراتی اندر چلی گئی۔

جناب والا میرا بیگ اس وقت بھی نقدی سے بوجھل تھا مگر وہ آسیب منہ کھولے چلا آرہا تھا۔ وہ اٹل ساعت اچکی تھی اور میں اس کے گھیرے میں تھی۔ نے بہت سی چیزیں نکلوا کر دیکھیں۔ پھر میں خود ہی اپنی اس فنکارانہ چابکدستی پر حیران رہ گئی۔ میرے بائیں ہاتھ نے خوبصورت رنگ برنگی چیزیں خاموشی سے، یوں کہ دائیں ہاتھ کو خبر نہ ہو، بیگ میں انڈیل لیں۔ رنگوں، سُروں اور خوشبوؤں کی ایک دنیا میرے بیگ میں بند تھی۔ وہ ساتوں رنگ میری مٹھی میں اسیر تھے بظاہر میں نے ایک معمولی سی بوتل پسند کر کے اس کی قیمت ادا کی اور اڑتے قدموں کے ساتھ دکان سے نکل آئی۔ میں زمین پر نہیں گویا بادلوں پر چل رہی تھی۔ ایک رنگین امنگ میری آنکھوں میں اتر آئی تھی ایک خاص وحشی جذبہ میرے اندر رقصاں تھا۔

جناب والا۔۔ میرا جی چاہتا تھا سڑکوں پر قہقہے لگاتی پھروں۔ آج پھر دنیا اتنے بہت سے رنگوں اور خوشبو سمیت زندہ ہوگئی تھی۔ گھر کی دہلیز پار کر کے میں نے دھڑکتے دل کے ساتھ وہ بیگ کھولا اور رنگ و نور کی اس دنیا کو میز پر انڈیل دیا۔ ان سب چیزوں کو مختلف زاویوں سے الٹ پلٹ کر دیکھا۔ انکو سنگا اور ان کے رنگوں کو آنکھوں میں بسایا اور تب مدتوں کے رکے آنسو بہہ نکلے۔

میرے کنبے نے مجھے کبھی روتے کبھی ہنستے دیکھا اور میز پر لگے رنگ و بو کے انبار کو بھی۔

"یہ تم نے کیا کیا؟" اس نے خوف اور نفرت بھری آواز میں کہا۔ تب میں چونکی اور میں نے سوچا اور خود سے پوچھا، ہاں۔۔ واقعی یہ تم نے کیا کیا؟ اور اس سوچ کے ساتھ ہی وہ رنگ و نور کی دنیا پھر مر گی۔ وہ سب کچھ مردہ لکڑی میں سے نکلا برادہ بن گیا اور تمام دنیا پر وہ مٹیالا دن محیط ہو گیا۔ چنانچہ جناب والا۔ میں نے وہ سب کچھ اٹھایا اور متعلقہ افسروں کو اطلاع کی۔

مجھے اپنے بائیں ہاتھ کی جدائی کا دکھ نہیں۔ جب وہ ہاتھ مجھ سے الگ ہوا تو گویا سیاہ اسیب بھی میرا وجود چھوڑ گیا۔ تب میں نے شکر ادا کیا کے مجھے اس بائیں ہاتھ سے نجات ملی۔ اور اب صرف وہ نور بھرا پاکیزہ دایاں ہاتھ میرا ساتھی تھا اور میں خوش تھی اور کہتی تھی اے بنت حوا۔۔ تو خوش قسمت ہے کہ آج ترے وجود کا سیاہ سایہ مٹ گیا اب تیرا یہ مبارک روشن دایاں ہاتھ تیری اچھی اچھی خبریں سب کو دیگا۔

مگر جناب والا۔۔ اب میں اصل واقعہ کی طرف آتی ہوں۔ یہ کل رات ہی کا ذکر ہے میں اس مٹیالے دن اور مٹیالی رات کی عادی ہو چکی تھی۔ رنگ و نور، حسن و موسیقی کی اس دنیا کی یاد بھی میرے ذہن سے مٹ چکی تھی۔ وہ میرا بایاں ہاتھ سب منحوس یادیں اپنے ساتھ لے جا چکا تھا اور میں سکھ کی نیند سوئی تھی۔ سکھ کی گہری نیند مگر کل رات سکھ کی اس گہری نیند سے میں ایک سرسراہٹ سے جاگ اٹھی۔ جیسے میرے بستر میں کوئی جاندار چل رہا ہو۔ میں نے بیڈ لیمپ روشن کیا اور یہ دیکھ کر میری پیشانی عرق ندامت میں ڈوب گئی کہ وہ سرسراتی، کلبلاتی چیز وہ میرا بایاں ہاتھ دوبارہ میرے بازو کی طرف بڑھ رہا ہے میں نے بہت کوشش کی کہ اپنے آپ کو اس بائیں ہاتھ سے محفوظ رکھوں

رکھنے کی۔ مگر دیکھئے۔ اب میں آپ کے سامنے ہوں۔ یہ پھر اسی طرح میری کلائی سے جڑا ہے۔ میرے وجود کا حصہ ہے جیسے کبھی کاٹا ہی نہ گیا ہو۔ جناب والا۔۔ کیا آپ بھی یقین نہ کریں گے کہ یہ کٹا تھا مگر پھر زندہ ہو کر آن جڑا۔۔۔ صد حیف ہے میرے وجود پر کہ میں اپنے بائیں ہاتھ سے نجات نہ پا سکی۔

Ref.: penslipsmagazine.com

***

سمندر کی چوری

آصف فرخی

ابھی وقت تھا۔ پانی اور آسمان کے بیچ میں روشنی کی وہ پہلی، کچی پکی، تھرتھراتی ہوئی کرن پھوٹنے بھی نہ پائی تھی کہ شہر والوں نے دیکھا سمندر چوری ہو چکا ہے۔ دن نکلا تھا نہ سمندر کے کنارے شہر نے جاگنا شروع کیا تھا۔ رات کا اندھیرا پوری طرح سمٹا بھی نہیں تھا کہ اندازہ ہونے لگا، ایسا ہو چکا ہے۔ ملگجے سایوں میں لپٹی دو اور تین منزلہ فلیٹوں کی قطار اور اس کی حد بندی کرنے والی دو رویہ سڑک کے پار جہاں دوسری طرف سمندر ہوا کرتا تھا، دور تک پھیلا ہوا نیلا سفید سمندر، وہاں سب خالی پڑا تھا۔ سمندر کی جگہ بڑا سا را گڑھا تھا اور چٹیل زمین جس پر جھاڑیاں تھیں نہ گاڑی کے ٹائروں کے نشان بلکہ سطح جگہ جگہ سے تڑخ کر ٹوٹی ہوئی تھی، جس طرح بہت دیر تک پانی میں بھیگے رہنے کے بعد ڈوبی مٹّی کی سی حالت ہو جاتی ہے۔

باقی سارے منظر کی جزئیات وہی تھیں۔ جب تک غور سے دیکھا نہ جائے اس میں چونکا دینے والی کوئی بات نظر نہیں آتی تھی۔ دن اپنے اسی معمول کے ساتھ آہستہ آہستہ نکلنا شروع ہو چکا تھا، اس میں پہلے پہل سمندر کی کمی محسوس ہی نہیں ہوئی۔ اس لیے شاید کسی نے کچھ کیا بھی نہیں۔ راتیں رنگین کرنے والے موٹروں میں واپس آنے لگے تھے اور صحت کا مراق کرنے والے، صبح سویرے بھاگنے دوڑنے کے لیے گھر چھوڑنے والے

گھروں کے دروازے کھولنے لگے تھے۔ کھلے ہوئے ٹرکوں اور کھڑ کھڑاتی سائیکلوں پر برتن لادے، دودھ والے اپنے لگے بندھے ٹھکانوں پر دودھ پہنچانے کے لیے پیڈل مارتے ہوئے نکل کھڑے ہوئے تھے۔ دُھن کے پکے ان لوگوں میں سے ایک آدھ کی نظر پڑ گئی ہوگی تو اس نے سوچا ہوگا، آج صبح کہر بہت ہے، سمندر دُھند میں لپٹا ہوا ہے۔ شہر میں سردی بڑھ جائے گی جب تک دھوپ نہ نکلے، یہ سوچ کر اس نے مفلر یا چادر میں ہاتھ اور مُنھ چھپا لیے ہوں گے۔ ایک طرف پہنچنے کی جلدی ہو اور سر، منھ لپیٹ لیے جائیں تو سمندر کو نظر انداز کرنا ممکن بھی ہو جاتا ہے۔ سمندر جو شہر کے سامنے پاؤں پسارے ریت پر اوندھا پڑا ہوا تھا اور آناً فاناً نظروں کے سامنے سے غائب ہو گیا۔

سمندر آنکھوں سے اوجھل شہر کا کوئی ایک آدمی صبح ہوتے ہوتے چونکے تو چونکے۔ روشنی پھیلنے لگی تو سمندر کا وہاں نہ ہونا، دکھائی دینے لگا۔ لیکن دکھائی دینے سے پہلے آپ اسے سُن سکتے تھے۔ اس پورے منظر میں سب سے زیادہ ابھرنے، چُبھنے والی چیز خاموشی تھی۔ اتنا گہرا سناٹا جس کی اپنی ایک آواز ہوتی ہے۔ مکمل خاموشی، مانو سوئی گرنے کی آواز تک آئے۔ یہ خاموشی کسی اندیشے میں پل رہی تھی۔ سینے میں دھڑ دھڑ دھڑکتا ہوا احساس کہ وہ ہو چکا ہے جو ہونا نہیں چاہیے تھا۔۔۔ ہاں، تب اندازہ ہوتا کہ لہروں کی آواز نہیں ہے۔ اس لیے خاموشی ہے۔

سمندر میں جوار بھاٹے کا معمول چھپ چھپ، چھپا چھپ لہروں کے اٹھنے، بڑھنے، پھیلنے، ریت پر بکھرنے کی کبھی ہلکی کبھی اونچی اور مسلسل آواز جو ہزاروں سال سے جاری ہے، گھڑی کی ٹک ٹک کی طرح، وقت گزرنے کی پیمائش کرتی ہوئی، شہر کی دیواروں کو نمک سے کاٹتی ہوئی، بھیگی ہواؤں میں ڈھلتی ہوئی وہ اب وہاں نہیں تھی۔ اس کی جگہ خاموشی، اٹوٹ خاموشی، اتھاہ سناٹا اور سمندر دور دور تک نہیں۔

کہاں چلا گیا سمندر؟ ایسی چیز بھی نہیں کہ راتوں رات غائب ہو جائے ابھی کل رات تک تو تھا، لہروں کی اچھال پر اکّا دکّا نہانے والے نظر آرہے تھے اور اس کے متوازی، گیلی ریت پر قدموں سے چھپاکے کرنے والے چل رہے تھے، دوڑ رہے تھے۔ پھر کیا ہوا، بھاپ بن کر تو نہیں اڑ سکتا، آخر کو سمندر ہے۔ گزرنے والے اب رُکنے لگے تھے۔ اکا دکا ٹولیوں میں کھڑے ہو کر باتیں کرنے لگے تھے۔

"سمندر کو چوری کر لیا گیا ہے!" ان میں سے کسی ایک نے جوش سے کانپتی ہوئی آواز میں کہا اور لوگوں میں تشویش یہ خبر بن کر اُمڈنے لگی۔

جنگلی کبوتروں کا ایک جُھنڈ فلیٹوں کے درمیان خالی زمین پر اُترا۔ بیماری سے شفایابی کی منّت ماننے والے اکثر اس طرف باجرہ بکھیر دیتے تھے کہ بے زبان پرندے دعا دیں گے تو اس میں اثر ہو گا۔ ایک نشیبی ٹکڑے میں ایک کتّا دم اور ٹانگیں سمیٹ کر چپ چاپ بیٹھا ہوا تھا۔ آسمان کی کلونچ میں نیل ملتے ملتے بڑھ گیا تھا۔ نیل میں نیل۔ جہاں سمندر ہونا چاہیے تھا151 وہاں سمندر نہیں تھا۔ ایک آدمی وہاں رُک کر کھڑا ہو گیا اور افق کی طرف دیکھنے لگا۔ وہاں دھوپ بالکل نہیں تھی، پھر اس نے آنکھوں پر ہاتھوں سے چھجا بنا لیا تھا۔ جیسے آنکھوں پر بہت زور ڈال کر اس طرف دیکھ رہا ہو اور کوشش کے باوجود صاف نظر نہ آرہا ہو کہ وہاں کیا ہے۔ اس کی دیکھا دیکھی وہاں اور لوگ فوراً جمع نہیں ہوئے۔ اس لیے کہ جن دوسرے لوگوں نے اس آدمی کو دیکھا ہو گا وہ سمجھ گئے ہوں گے کہ یہ بہت پرانی ترکیب ہے چلتے چلتے لوگوں کو بے وقوف بنانے کی مصروف سڑک کے ساتھ کہیں کھڑے ہو جاؤ اور شفاف، نیلگوں آسمان کی طرف انگلی اٹھا کر اشارے کرو، آنکھوں پر ہاتھوں سے چھجا بنا کر دیکھو اور منھ ہی منھ میں بُدبدانے لگو، ذرا دیر میں ٹھٹھ کا ٹھٹھ لگ جائے گا۔ سب وہی دیکھنے کی کوشش کرنے لگیں گے جو تم ظاہر کر رہے ہو کہ دیکھ رہے ہو حالاں کہ

وہاں کچھ بھی نہیں ہے اور جو نہیں ہے، اسے تم کیسے دیکھ سکتے ہو؟ بہت سے لوگ جب جمع ہو جائیں تو تم ہاتھ جھاڑ کر مسکراتے ہوئے وہاں سے آگے بڑھ جاؤ، جیسے کچھ بھی نہیں ہوا اور واقعی کچھ ہوا بھی نہیں۔ لیکن وہ آدمی وہاں کھڑا رہا اور اس کے بعد ایک اور، اس کے بعد ایک اور آدمی۔۔۔ سمندر کسی کو نظر نہیں آیا۔

تب ان میں سے ایک پکار اٹھا، کہاں گیا سمندر۔

اس کی بات کا کسی نے جواب نہیں دیا۔

سمندر کہاں گیا، اس نے دوبارہ پکارا۔

جواب دینے کے لیے تھے ہی اکّا دکّا لوگ۔

اور کوئی جواب بھی کیا دیتا، سمندر بھی کہیں جا سکتا ہے؟

ادھر ہی کہیں ہو گا، نظر نہیں آرہا۔۔۔ شاید ادھر ادھر اور دیکھنے کی ضرورت ہے۔ دُھند کے پیچھے نظریں جما کر، آنکھوں پر زور ڈال کر۔۔۔

لیکن سمندر ہو تو نظر آئے۔۔۔ وہ وہاں نہیں تھا۔۔۔ اس کے غائب ہونے پر لوگوں میں چہ میگوئیاں ہونے لگیں۔

ان میں سے جس آدمی کی آواز سب سے پہلے الگ سنائی دی تھی، وہ ابھی تک اپنے اوپر شک کر رہا تھا۔

"کیا ہو گیا؟ دکھائی کیوں نہیں دے رہا مجھے؟"

"وہاں ہو تو دکھائی دے۔۔۔ "کسی اور نے فوراً جُھنجھلایا ہوا جواب دیا۔

"ایسا ہو سکتا ہے؟ یوں۔۔۔ اس طرح۔۔۔ اچانک۔۔۔ سارے کا سارا سمندر؟" کئی آوازوں میں حیرت نمایاں تھی۔

"واقعی، راتوں رات۔۔۔ پورا سمندر۔۔۔" بعض آوازیں تائید میں بلند ہونے

لگیں۔

"مگر یہ نہیں ہو سکتا۔۔۔" ایک آواز میں سراسر انکار تھا۔

"لیکن ہو گیا۔۔۔" کسی نے اس کو ٹوک دیا۔

"یہ یقیناً بڑی تباہی کی علامت ہے۔۔۔" ایک آواز واضح ہو کر ابھری۔ منھ ہی منھ میں بدبداتے ہوئے کئی لوگ چُپ ہو گئے۔ "ہو سکتا ہے کہ تیل کے spill سے ایسا ہوا، یا پھر جنگ کا اثر۔۔۔nuclear holocaust ecological disaster۔۔۔" وہ بیچ میں رُک گیا۔ لوگ اس کا منھ دیکھنے لگے۔ اس نے عینک لگائی ہوئی تھی اور اس کا سر گنجا تھا۔ پھر اس کے پاس ایک توجیہہ تھی۔۔۔ کچھ لوگوں کو اس کی بات قرینِ قیاس معلوم ہونے لگی۔ "یہی ہوا ہو گا۔۔۔"

"ایران، اسرائیل۔۔۔ تو آخر جنگ یہاں تک آن پہنچی۔۔۔"

"یہ تو ایک نہ ایک دن ہونا ہی تھا۔۔۔" ایک آدمی سب کو باور کرانے لگا۔

"لیکن یہ سب آناً فاناً کیسے ہو گیا؟ آدھی رات کے بعد تک تو میں بی بی سی نیوز دیکھتا رہا ہوں۔ اس پر تو کچھ ایسا نہیں تھا۔۔۔" ایک آدمی کو یقین کرنے میں تامل تھا۔

"اب کون سی دیر لگتی ہے؟" ایک آدمی کندھے اُچکا رہا تھا۔ "ایک سیکنڈ کے چھوٹے سے چھوٹے حصے میں تباہی دور دور تک پھیل سکتی ہے۔۔۔" وہ اس طرح بول رہا تھا جیسے باقی لوگوں پر اپنی معلومات کا رُعب جھاڑ رہا ہو۔ اس کی آواز میں مایوسی نہیں تھی۔

یا پھر سننے والوں کو بالکل محسوس نہیں ہوئی۔ وہ ایک ٹکڑی کی صورت میں کھڑے ہو گئے تھے۔ وہ اس جگہ کی طرف دیکھ رہے تھے جہاں سمندر کو ہونا چاہیے تھا اور ایک دوسرے کی طرف۔ دُزدیدہ نگاہوں سے، کچھ کچھ شُبے کے ساتھ، پھر تجسس کے طور پر،

یہ اندازہ لگانے کے لیے اگلا آدمی کیا سوچ رہا ہے، کیا محسوس کر رہا ہے۔

حالاں کہ اس کا اندازہ لگانا مشکل نہیں تھا۔ سبھی اس طرف دیکھ رہے تھے۔ کچھ نہ کچھ کہہ رہے تھے۔ کچھ لوگ پوچھے چلے جا رہے تھے۔۔۔ ان کو وہاں کھڑے دیکھ کر وہ لوگ بھی ادھر آنے لگتے جو ادھر سے گزر رہے تھے اور سمندر کو وہاں نہ پا کر رُک جاتے، سراسیمہ ہو کر چاروں طرف دیکھنے لگتے، جیسے وہ ادھر ادھر ہو گیا ہو اور ڈھونڈنے سے مل ہی جائے گا۔ "کیا ہو گیا، کیا بات ہے؟" نئے آنے والے شروع سے بات کا سرا پکڑنے کی کوشش کرتے۔

"کچھ۔۔۔ کچھ نہیں ہوا۔ ہونا کیا ہے؟" عینک والا آدمی، جس نے عالم گیر تباہی کا خدشہ ظاہر کیا تھا، ہر بار ایک ہی بات کہتے کہتے بیزار آ گیا تھا۔ "وہاں کچھ ہو گیا ہے، اُس طرف۔۔۔ پتہ نہیں چل رہا۔۔۔" زیادہ زور دیے جانے پر وہ مبہم سا جواب دے کر اس طرف اشارہ کر دیتا جہاں سمندر کی جگہ زمین خالی پڑی ہوئی تھی۔

"کوئی بڑی گڑبڑ ہو گئی ہے۔۔۔" وہاں جمع ہونے والے لوگوں میں سے کوئی آدمی جواب دے کر اتنا بتاتا جتنا اس وقت تک ان کی سمجھ میں آیا تھا۔ اس کے بعد "کیا ہوا۔۔۔" اور "کیسے؟" کے سوالوں پر منہ سے چچ چچ کی آواز نکال کر اپنی لاعلمی ظاہر کرنے سے زیادہ کسی بات کی ضرورت نہیں رہتی۔

جو آدمی ہاتھوں سے آنکھوں پر چھجا بنائے دیکھ رہا تھا، سر ہلاتا ہوا واپس مڑا۔ اس کی قمیص ہوا میں پھٹ پھٹا رہی تھی۔ اس نے ہاتھ آگے بڑھایا تو وہ آدمی جس نے ایک سوال کے جواب میں کندھے اُچکائے تھے، ذرا سا اُچک کر دیوار پر چڑھ گیا جو سڑک کے ساتھ ساتھ دور تک کھنچی ہوئی تھی۔ "وہاں کچھ بھی نہیں ہے۔۔۔" اس نے اسی بات کی تصدیق کی جو سب کو پتہ تھی۔

وہ ٹھیک کہہ رہا تھا۔ وہاں کچھ بھی نہیں تھا۔ ریت بھی نہیں، جھاڑیاں یا پتھر بھی نہیں۔ خالی زمین، دور تک پھیلی ہوئی، چٹیل اور بنجر، اتنی خالی کہ حیرت ہونے لگتی اور وہی سوال پلٹ کر ذہن میں دُہرانے لگتا۔۔۔ کیا ہو گیا، یہ سب کیسے۔۔۔ اتنا بڑا سمندر ہے، آخر کہاں غائب ہو گیا، بھاپ بن کر اُڑ تو نہیں سکتا۔ کوئی بچہ تو نہیں تھا کہ آنکھ مچولی کھیلتے کھیلتے چُھپ گیا۔۔۔ کل رات تک تو لوگوں نے دیکھا تھا، اسی طرح حسبِ معمول تھا۔۔۔

"سمندر کو کیا ہو گیا؟" بڑی عمر کے ایک آدمی سے بس نہیں ہوا۔ اس نے وہ سوال پوچھ لیا جو سبھی کو اضطراب میں رکھے ہوئے۔ اس آدمی کی شلوار قمیص مسلے ہوئے تھے اور اس کی داڑھی کے چھدرے بال بڑھے ہوئے تھے۔ وہ بول اٹھا تو جیسے چیونٹی کے انڈے حرکت میں آ گئے۔ "کہاں چلا گیا، کیا ہو گیا؟" اس نے پوچھا۔

کندھے اُچکانے والا آدمی جو عینک والے آدمی کا سہارا لے کر سمندر کی دیوار پر چڑھ گیا تھا، اس دیوار کے اوپر چند قدم چلتے جانے کے بعد واپس مڑا اور وہیں اوپر سے جواب دینے لگا، حالاں کہ سوال اس سے نہیں کیا گیا تھا۔ "سمندر چوری کر لیا گیا ہے!"

اس نے اطلاع دیتے ہوئے بورڈ کی طرف اشارہ کیا جو دیوار کے اوپری حصے میں لگا ہوا تھا۔

دن چڑھے وہاں سناٹا چھا جاتا تھا یعنی جب وہاں سمندر موجود تھا۔ صبح سویرے سمندر کے ملاقاتی رُخصت ہو جاتے اور دن کی دھوپ تیز ہونے لگتی تو اس کی تپش، سیر تفریح کے مقصد سے آنے والوں کے لیے خوش گوار نہ ہوتی اور وہ عموماً شام گئے آنا پسند کرتے۔ تب وہ جگہیں پھر سے بھرنے لگتیں اور وہاں رونق ہو جاتی خوش طبع، لطف اندوز ہونے والے ہجوم کی بھری پُری رونق جو سمندر کے دم قدم سے تھی لیکن اس وقت بھی

وہاں لوگ اکٹھے ہونے لگے تھے اور وہ سب اس طرح کھڑے تھے یا چھوٹی بڑی ٹولیوں میں باتیں کر رہے تھے جیسے آس پاس کے کسی مکان میں میّت ہوگئی ہو اور محلے کے لوگ اس خبر کے ملتے ہی وہاں اکٹھا ہوگئے ہوں۔ جیسے وہ سب سمندر کا پُرسا دینے آئے تھے۔

اب انہیں پتہ چل چکا تھا اور ان سے اور لوگوں کو۔ اس لیے ایک آدھ نووارد کو چھوڑ کر کوئی یہ نہیں پوچھ رہا تھا کہ کیا ہوا بلکہ اس کے بعد کا سوال کہ کیسے اور کس طرح۔

اس بات کا جواب کسی کو نہیں معلوم تھا۔ سوائے اس کے کہ سمندر اب وہاں سے رُخصت ہو چکا ہے۔

"خدا جانے کہاں اور کیسے؟" سوال یہی تھا اور اس کا جواب کسی کو معلوم نہیں تھا۔ وہاں جمع ہونے والے لوگ یہی باتیں کر رہے تھے۔ لوگ بڑھتے جا رہے تھے، لیکن وہ سب کر وہی رہے تھے جو اس وقت جمع ہونے والے لوگوں نے کیا تھا جب زیادہ لوگ جمع نہیں ہوئے تھے ایسے جملوں کا تبادلہ کہ کیا ہو چکا ہے۔ اس وقت بولنے والے تھوڑے بہت پہچانے جا رہے تھے۔ وہ لوگ جہاں سے آئے تھے اور جس طرح کے تھے، اسی حساب سے کر رہے تھے باتیں باتیں۔

بہت دور تک جا رہی تھیں یہ باتیں باتیں۔ تین ٹانگوں والا اسٹینڈ اتنی سی صاف جگہ پر جما کر ایک نوجوان نے کیمرہ ٹکا دیا تھا اور کوئی بھی جو کچھ کہنا چاہتا، اس کے سامنے آنا چاہتا اس کے تاثرات ریکارڈ کر رہا تھا۔ یقیناً یہ کسی غیر ملکی چینل کا مقامی نمائندہ ہوگا۔ جو بھی اس طرف آتا، نوجوان اس طرف منھ کر کے سامنے لے آتا کہ پس منظر میں وہ خالی جگہ ہوتی جہاں پہلے سمندر تھا اور اب خالی زمین، جس پر فریز کیا ہوا کیمرہ شاٹ اور اس کے وائس اوور میں آوازیں۔۔۔

"اس شہر میں کھلی جگہوں، تفریح گاہوں کی سخت ضرورت ہے۔" ایک عمر رسیدہ

صاحب بول رہے تھے۔ انہوں نے کھلے گریبان کی قمیص کے اوپر کوٹ پہنا ہوا تھا اور اپنی پچی تُلی انگریزی کی وجہ سے وہ ریٹائرڈ بیوروکریٹ لگ رہے تھے جن کو نوکری پوری کرنے کے بعد ڈیولپمنٹ اشوز کے حق میں بات کرنے میں مہارت حاصل تھی۔ "لینڈ گریبنگ یہاں ایک باقاعدہ مافیا بن گئی ہے۔ اس کے ہاتھ بہت لمبے ہیں۔ سیاست اور دولت اس کی مدد کرتی ہیں۔ زیادہ افسوس کی بات یہ ہے کہ اسٹیٹ بھی اسی زبردستی پر یقین رکھتا ہے۔۔۔ اسٹیٹ خود مافیا میں تبدیل ہونے لگتا ہے اور پھر دوسروں سے بڑھ کر استحصال، ری سورسز کو ہڑپ۔۔۔ یہ سمندر تو سارے شہر کا تھا، کسی خاص طبقے کی ملکیت نہیں۔۔۔"

"ہم کینڈل لائٹ وجل کریں گے سمندر کی یاد میں۔ ہم امن مارچ کریں گے۔" ایک خاتون بالوں کو جھٹک کر جوش کے عالم میں بول رہی تھیں۔ ان کے ناخن رنگے ہوئے تھے اور لپ اسٹک کا رنگ دانتوں پر لگ گیا تھا۔ ان کا لباس کاٹن کا تھا اور دونوں بازوؤں میں دھات کی چوڑیاں۔

بھڑک دار ٹی شرٹ پہنے ہوئے اور سیاہ چشمہ آنکھوں سے اوپر کر کے ماتھے پر چڑھائے وہ نوجوان ایتھنک لُک رکھتا تھا۔ "یہ تفریح گاہ سے بڑھ کر ہے۔ اس پر لاکھوں افراد کے روزگار کا دارومدار ہے۔ یہ ماہی گیر کہاں جائیں گے جو سمندر کنارے کی پرانی بستیوں میں آباد ہیں۔۔۔ حکومت ان کے لیے متبادل روزگار کا بندوبست کرے۔۔۔" اس کی آواز احوالِ واقعی سے بڑھ کر مطالبے کی فہرست میں بدلنے لگی۔

"یہ ماحول کا قتل ہے۔ یہاں مینگروو کے نیچرل ذخیرے ختم ہو جائیں گے۔۔۔ ساری وائلڈ لائف۔۔۔ بہت نازک سا ماحولیاتی توازن ہے ان کے اور انسانوں کے درمیان۔ ایک تباہ ہو گا تو دوسرا زندہ اور برقرار نہیں رہ سکے گا۔۔۔" ایک ایکٹی

وسٹ کیمرے کے سامنے دو انگلیاں نچا کر وی کا نشان بنا رہے تھے۔ ان کی انگلیوں کے درمیانی خلا میں پورے اسکرین پر ویران زمین ہل رہی تھی، سرک رہی تھی۔ کیمرے کے غیر ماہرانہ انداز کی وجہ سے جیسے جھٹکے لے رہی تھی۔

"آپ لوگوں کو آرگنائز ہونا چاہیے۔ ہمیں ہاتھ میں ہاتھ ملانا چاہیے۔۔۔" ایکٹی وسٹ، ایتھنک نوجوان سے کہہ رہا تھا اور ایتھنک نوجوان این جی او کی نمائندہ خاتون سے۔ "ہمیں امن مارچ کرنا چاہیے چندریگر روڈ سے پریس کلب تک۔۔۔"

"سب سے پہلے ہمیں ایف آئی آر درج کرانا چاہیے۔۔۔" بھاری آواز والے ایک صاحب نے کہا جو کالا کوٹ پہنے ہوئے تھے۔ غالباً نہیں یقیناً وہ وکیل ہوں گے۔

ان کی آواز سنتے ہی جیسے مجمع کو سانپ سونگھ گیا۔ واقعی، یہ تو بہت ضروری تھا۔ اس سے پہلے مجمع میں یہ کسی نے کہا کیوں نہیں تھا؟

"بھئی سب سے پہلے تباہی کی حد کا تو اندازہ لگائیے۔۔۔" بڑی عمر کے سفید بالوں والی معزّز شکل صورت کی ایک خاتون کی آواز ابھری۔ ان کی آواز پاٹ دار تھی ٹیچر رہی ہوں گی۔ انہوں نے وکیل معلوم ہونے والے آدمی کا جملہ اور مجمع کی خاموشی سنی نہیں تھی او نچا سُنتی ہوں گی۔ وہ اپنی تجویز اسی جوش و خروش سے پیش کر رہی تھیں جو ان کی ہر بات کا معمول بن گیا تھا۔ "پہلے پتہ تو کیجیے کہ یہ صرف یہاں ہوا ہے جو سمندر غائب ہو گیا یا اور جگہوں پر بھی ایسا ہوا ہے۔۔۔ ابراہیم حیدری، کورنگی اور سب سے بڑھ کر کیماڑی۔ اصل اندازہ تو کیماڑی پر ہو گا۔ آپ میں سے کسی نے رابطہ کیا ہے وہاں کے لوگوں سے؟ کچھ کنفرم کیا ہے؟"

کسی نے کوئی جواب نہیں دیا۔

"ایف آئی آر درج کرانا بہت ضروری ہے۔ بات ریکارڈ میں آجاتی ہے۔۔۔" وکیل

صاحب مجمع کو باور کرا رہے تھے۔

"ریکارڈ پر آجائے تب بھی کیا ہو گا؟ ہمارے گرد گھیرا تنگ کیا جاتا رہا ہے۔۔۔" ایتھنک نوجوان کی تیوری پر بل پڑ گئے۔

"آپ لوگ طے تو کیجیے، ایک ساتھ ہو کر چلیے، اتحاد میں بڑی طاقت ہے۔۔۔" وکیل نما صاحب کی آواز میں جوش بہت تھا۔

"لیکن کس تھانے میں؟ یہ علاقہ تو درخشاں کے تھانے میں لگتا ہے، لیکن اصل میں جیکسن تھانے جانا چاہیے۔۔۔"

"پولیس میں نہیں بلکہ پورٹ اتھارٹیز کو رپورٹ کرنا چاہیے۔"

"آپ کی مراد شاید کوسٹ گارڈز سے ہے۔۔۔ اجی، وہ کیا کر لیں گے؟ اسمگل کی ہوئی شراب کے علاوہ ان کو دل چسپی اور کس بات سے ہے؟۔۔۔" ایک آواز ابھری اور ہجوم میں غائب ہو گئی۔

"بھئی کسی نہ کسی کے پاس تو جانا چاہیے۔۔۔"

"پولیس رپورٹ۔۔۔"

"ایف آئی آر۔۔۔"

آوازیں ایک ساتھ بلند ہو رہی تھیں، ایک دوسرے میں رل مل رہی تھیں، ایک دوسرے کو کاٹ رہی تھیں۔

"لیکن درج کس کے خلاف کرائی جائے؟" ایک آواز بیچ میں سے ابھری۔ اس کو صاف پہچانا نہیں جا سکتا تھا کہ یہ آواز کس کی ہے۔

"ذمہ دار کون ہے؟ کسی کو اس کا ذمہ دار ٹھہرانا ہو گا۔۔۔" یہ آواز اپنے آپ کو چھپانے یا ہجوم میں گم کرنے کی کوشش نہیں کر رہی تھی۔ یہ شاید سفید بالوں والی ان

معزز خاتون کی تھی جو کبھی ٹیچر رہی ہوں گی۔

"مگر یہ کس کی طرف سے ہو؟ اس کی چوری سے نقصان کس کا ہوا ہے؟ سمندر کس کا ہے اور اس کا دعوے دار کون۔۔۔"

یہ آواز فوراً پہچانی نہیں جا سکی کہ ایتھنک نوجوان کی تھی یا ایکٹی وسٹ کی۔ یا پھر کسی اور ہی آدمی کی آواز۔ لیکن اس کے بعد مجمع میں ایک دم سے خاموشی چھا گئی۔ جیسے اس نے کوئی ایسی بات کہہ دی ہو جس کی طرف اس سے پہلے کسی نے دھیان ہی نہ دیا ہو۔ لیکن پھر فوراً ہی بولنے لگے، وہ سب بولنے لگے باتیں باتیں۔۔۔ ایک دوسرے سے، آپس میں، سامنے والے سے، برابر والے سے، دو آدمیوں کی دوری پر کھڑے ہوئے آدمی سے پھر اس کے ساتھ والے سے وہاں جمع ہونے والے لوگوں کی بھیڑ چھوٹی چھوٹی ٹکڑیوں میں بٹ گئی، لوگ الگ الگ ہونے لگے لیکن وہیں کھڑے رہے، بولتے رہے۔۔۔ شہر۔۔۔ سمندر، سمندر۔۔۔

چوری کے بعد لوگ سمندر کو یاد بہت کر رہے تھے۔ جیسے وہ لڑکی۔۔۔ ایک جیسی، منمناتی آواز میں بولے چلے جا رہی تھی وہ لڑکی۔۔۔ "سمندر کنارے ابا سیر کرانے کے لیے لے جاتے تھے۔ میں چھوٹی سی تھی۔ کلفٹن تک ہم بس میں آیا کرتے تھے۔ صبح سے تیاری کرتے، دو تین طرح کے کھانے پکا کر اماں پوٹلی میں باندھ لیتی تھیں اور پوٹلیاں، بید کی ٹوکری میں رکھ کر چلتے تھے۔ کلفٹن پر میں اونٹ کی سواری ضرور کرتی تھی۔ پہلی دفعہ جب اونٹ پر بیٹھی اور اونٹ اوپر اٹھا تو میں نے گھبرا کر چیخ مار دی۔۔۔ اونٹ والا آگے آگے چل رہا تھا اونٹ کی رسّی تھامے اور ساتھ ساتھ سمندر، اتنا شفاف کہ بس۔۔۔ سیپیوں اور کوڑیوں کے نقلی ہار اور بُندے ابا خرید کر دیتے تھے اور میں ان کا ہاتھ پکڑ کر چلتی تھی۔ پانی کے ساتھ گیلی ریت پر ان کے قدموں کے نشان میں دوبارہ پانی

بھرنے لگتا تھا۔۔۔ ابا نہیں رہے لیکن سمندر تو تھا۔ میرا جی چاہتا تھا کہ ایک دن سمندر کا ہاتھ پکڑ سیر کرنے کے لیے نکلوں اور ابا کے قدموں کے نشان ڈھونڈوں کہ ان میں کتنا پانی بھر گیا ہے۔ سمندر نہیں رہا تو اب میں کیا کروں، اوہ میرے ابّو۔۔۔"

لڑکی کی سپاٹ آواز ٹوٹ گئی اور وہ پتلی، بے جان آواز میں واویلا کرنے لگی۔۔۔

بچّے کے ہاتھ سے غبارہ چھوٹ گیا اور دھاگے کی لمبی دم لہراتا ہوا غبارہ سمندر کے اوپر آسمان کے سامنے اُڑتا چلا گیا۔۔۔ سرمئی، بادلوں بھرے آسمان کے سامنے سُرخ نارنجی رنگ کا دھبہ جو اڑتے اڑتے چھوٹا ہونے لگا، چھوٹا اور چھوٹا، پھر غائب۔۔۔ لیکن سمندر موجود تھا۔

"ساحلِ سمندر پر ہم نے ایک بار مشاعرہ کیا تھا۔۔۔" ایک اور آدمی بول رہا تھا۔ اسے کسی نے ایتھنک نہیں سمجھا ورنہ اپنی وضع قطع اور اس سے بڑھ کر اپنی بات چیت سے وہ بھی اتنا ہی ایتھنک تھا جتنا کہ وہ نوجوان جسے ایسا سمجھا گیا تھا۔ "میں کالج میں تھا ان دنوں۔ رات بھر محفل جمی تھی۔ لطف آگیا تھا۔ پھر اس کے بعد جمیل بھائی ایک دن میرے پیچھے پڑ گئے، سمندر کے پاس لے چلو، مجھے سمندر کے پاس لے چلو۔۔ موٹر سائیکل پر پیچھے لادا اور چاندنی رات میں یہیں لے آیا۔ وہ موٹر سائیکل سے اچھل کر اترے اور اسی دیوار پر چڑھ گئے۔ اے سمندر، وہ ادھر منھ کر کے زور زور سے بولنے لگے، اے سمندر اتنے دن ہو گئے تو نے مجھ سے کلام نہیں کیا، میرے شعر سن اور وہ زور زور سے غزل سنانے لگے۔۔۔ سمندر کیا داد دیتا، موجیں سر پٹک کر رہ گئی ہوں گی۔۔۔ ہم واپس ہونے لگے تو پولیس نے پکڑ لیا۔ یہ نشے میں نہیں ہیں، یہ ایسے ہی ہیں۔۔۔ میں نے پولیس کے دونوں سپاہیوں کو بڑا سمجھایا۔ یہ ایسے ہیں؟ وہ شک بھری نظروں سے ہمارا جائزہ لیتے رہے۔ ہاں، ہاں یہ ایسے ہی ہیں۔۔۔ سمندر کے قریب پہنچ کر تو اور بھی ایسے ہو جاتے

ہیں، میں نے انہیں یقین دلایا۔ تو چلو پھر لے جاؤ ان کو۔۔۔ کبھی کبھی سمندر سے ملانے کے لیے لاتے رہا کرو۔۔۔ انہوں نے ہمیں چھوڑ دیا۔۔۔ اب کہاں لے کر جاؤں گا؟ اب وہ کس سے کلام کریں گے اے سمندر۔"

وہ اسی طرح پتہ نہیں کب تک بولتا رہا لیکن اس سے آگے کی بات ان بہت سی باتوں سے دب گئی جو لوگ اسی طرح کیے جا رہے تھے، مسلسل، متواتر۔۔۔ پھر وہ ہجوم تیزی کے ساتھ ادھر ادھر ہونے لگا۔ شاید پولیس والے جو وہاں پہنچ گئے تھے، لوگوں کو ہٹا رہے تھے۔ شاید میڈیا والے لوگوں کی اور ان کی باتوں کی لائیو کوریج کر رہے تھے۔ کیمرہ ہاتھ میں لیے اور شوٹنگ کرتا ہوا پیچھے کی طرف ہٹنے والا ایک نوجوان جس کے لمبے لمبے بال الجھے ہوئے تھے اور قمیص باہر نکلی ہوئی تھی، اس بورڈ کے سامنے قدم جمانے کی کوشش کر رہا تھا اور پولیس والے اسے روک رہے تھے۔

بورڈ دیوار کے اوپری حصے پر نصب تھا۔ اس بورڈ کی کیلوں پر زنگ نہیں آیا تھا جس سے پتہ چل سکتا تھا اگر کیمرے والے نوجوان کو پتہ لگانے کی ضرورت ہوتی کہ بورڈ کو نصب ہوئے زیادہ عرصہ نہیں گزرا اور سمندر کی ہواؤں کا سامنا کرتے ہوئے زیادہ مدت نہیں ہوئی۔

صبح کی دھوپ میں چمکتے ہوئے اس بورڈ پر تعمیراتی کمپنی کا نام جلی حروف میں پینٹ کیا ہوا تھا اور اس کے نیچے ادارے کا نشان 151 گول، سرخ نارنجی سورج اور ہر خاندان کے لیے بہتر مستقبل کی ضمانت کے الفاظ جن کا رنگ نیلا تھا، سمندر کی طرح۔

کیمرے والے نوجوان اور اس کو روکنے والے سپاہیوں کی طرف سے لوگ دفعتاً مڑ گئے۔ تیز شور کے ساتھ، موٹر سائیکلوں پر سوار نوجوان لڑکوں کا ایک پورا گروہ وہاں پہنچ گیا۔ انہوں نے موٹر سائیکلوں کے سائلنسر اتارے ہوئے تھے اور وہ ریس کرتے

ہوئے چلتے توزوں زوں کا اتنا شور ہوتا کہ کان پڑی آواز سنائی نہیں دیتی۔ موٹر سائیکلیں رُکیں اور شور دبا تو پتہ چلا وہ اتنے بہت سے نہیں ہیں۔۔۔ ان میں سے جو سب سے آگے تھا، اس نے ماتھے پر رومال باندھا ہوا تھا۔

"کدر کلٹی کر دیا تم نے سمندر کو؟" اس نے اپنی انگلی ان ریٹائرڈ بیوروکریٹ کے سینے کی طرف اٹھاتے ہوئے کہا جو ایکو فرینڈلی ڈیولپمنٹ کا حوالہ بار بار دہرائے جارہے تھے۔

سینے پر اُٹھی اس انگلی کی جنبش کے سامنے وہ گھبرا کر پیچھے ہٹنے لگے۔

"سمندر کو گم کر کے سمجھتے ہو تم لوگ ہمیں روک لوگے؟ سمندر نہیں ہوگا تو ہم کوئی اور جگہ ڈھونڈ لیں گے نیو اے ئر منانے کے لیے۔۔۔" نوجوان غصے میں بپھر رہا تھا اور دوسرے نوجوان اس کی ہاں میں ہاں ملا رہے تھے۔

اس کی بات سُن کر ریٹائرڈ بیوروکریٹ نے سکون کا سانس بھرا۔ "میں تو خود یہی سمجھتا ہوں۔۔۔ سمندر تو سب سے بڑی تفریح گاہ ہے، یہاں اوپن اسپیس میں وہ سارے بیریئرز ٹوٹ جاتے ہیں جو فنڈامینٹلسٹ لوگ یوتھ پر امپوز کرنا چاہتے ہیں۔۔۔" وہ ایک طویل بیان دینے لگا۔

"شٹ اپ! بکواس نہ کر۔۔۔" موٹر سائیکلوں والے نوجوانوں میں سے ایک آواز باتوں کو کاٹتی ہوئی ابھری۔

وہ صاحب سہم کر چُپ ہوگئے۔

"تم لوگ ہی یہ سب کرتے ہو۔۔۔ خود تو بڑے بڑے ہوٹلوں میں جو چاہے کرلو۔۔۔" لڑکے کی آواز تیز تھی۔

"ابے ان مُلاؤں نے تو نہیں چُرالیا سمندر؟ نیو اے ئر روکنے کے لیے۔۔۔" پہلے

والے لڑکے کی آواز آئی۔

"یہ مولوی لوگ بڑے بانی کار ہوتے ہیں۔۔۔" مجمع بڑے غور سے یہ اینکاؤنٹر دیکھ رہا تھا، اس میں سے سفید بالوں اور معزّز نظر آنے والی خاتون کی آواز ابھری جو شاید ٹیچر رہی ہوں گی۔

"اوہ دیز مولویز اینڈ فنڈوز۔۔۔ دے آر کلنگ جوئز۔۔۔ دے ہیو اسٹولن دی سی۔۔۔" ان دوسری خاتون کی آواز آئی جن کی عمر کم تھی اور شاید کسی سماجی تنظیم کی رُکن تھیں۔ ریٹائرڈ بیوروکریٹ جلدی جلدی اثبات میں سر ہلانے لگے۔۔۔ لیکن پھر فوراً ہی ایک بے ترتیب سا شور اٹھنے لگا۔۔۔

"شہر کے لوگوں کے حقوق مسلسل غصب کیے جا رہے ہیں!"

"ان کا بس چلے تو پورے شہر کو بیچ کھائیں۔۔۔"

"سونے کی چڑیا ہاتھ آ گئی ہے کمپنی بہادر کے۔۔۔"

"زمین کا چپّہ چپّہ بیچنے کے بعد سمندر پر بھی ہاتھ صاف کرنے لگے۔۔۔"

"یہی لوگ ذمّہ دار ہیں۔ شہری اداروں کو کام نہیں کرنے دیتے۔۔۔"

"شہری حکومت پوری کوشش کر رہی ہے۔۔۔"

"کوشش کیسی؟ آنکھوں میں دھول جھونک رہے ہیں، اپنے مفاد کے لیے ریسورسز پر ڈاکہ ڈال رہے ہیں۔۔۔"

اس کے بعد تکرار اور شور بڑھ گیا۔ شور کی آواز اس طرح ہلکی اور تیز ہو رہی تھی جیسے کبھی موجیں اوپر نیچے ہوتی ہوں گی جب وہاں پر سمندر تھا۔

"سٹی فادرز کی طرف سے لازوال تحفہ۔۔۔"

بورڈ پر الفاظ جگمگا رہے تھے۔ ان الفاظ کے نیچے تصویر بنی ہوئی تھی۔ شہر کی جگمگاتی

ہوئی اسکائی لائن۔ آسمان کو چھو لینے والی عمارتوں کی سیاہ پر چھائیوں میں برقی رنگ جھلملا رہے تھے۔ سائن بورڈ کے پینٹر نے پس منظر میں خیالی پہاڑ اور کھجور کے درخت بنا دیے تھے۔ تصویر میں سمندر کا نشان تک نہ تھا۔

دیوار کے ساتھ ساتھ، سڑک کے مخالف رُخ پر سیمنٹ کی چھتریاں کبھی بنائی گئی تھیں۔ اب وہ خالی پڑی تھیں۔ ان میں بعض ٹوٹ گئی تھیں، اس لیے جس ترتیب سے انہیں بنایا گیا تھا، وہ بھی ختم ہو گئی تھی لیکن اس وقت یہ زیادہ بے تکی معلوم ہو رہی تھیں۔ پہلے ان کے سائے میں لوگ بیٹھ جایا کرتے تھے اور سمندر کے رُخ پر دیکھنے کا لطف اٹھا سکتے تھے۔ لیکن اب ریت کی طرف کون مسلسل دیکھتا یا پھر مونگ پھلیاں، چنے اور آواز لگا کر پاپڑی۔۔۔ ی۔۔۔ ی۔۔۔ بیچنے والے پھرتے پھرتے وہاں بیٹھ کر سستا لیا کرتے تھے۔ ایک چھتری جو ذرا کونے میں تھی اور جہاں اندھیرا رہا کرتا، وہ مخصوص تھی مالش والوں کے لیے۔ جن لوگوں کو یہ معلوم نہ ہوتا اور وہ وہاں آن کر بیٹھ جاتے، ان کے پاس چمپی مالش والے اتنی بار آکر پوچھتے کہ یا تو وہ مالش کے لیے تیار ہو جاتے یا وہاں سے اٹھ کر چلے جاتے۔ دونوں صورتوں میں جگہ خالی ہو جاتی، تھوڑی دیر کے بعد پھر بھر جاتی۔ چھتریوں کے ساتھ ساتھ بنچیں اور لوہے کی کرسیاں بھی خالی پڑی تھیں۔

لوگوں نے ان پر بیٹھنے کی کوئی خاص کوشش نہیں کی۔ ان کی سیدھ میں اب بہتے پانی کا نظارہ تو نہیں تھا، چٹیل میدان تھا۔ لیکن لوگ اگر ریت کی طرف مسلسل دیکھتے رہنے کی عادت ڈال لیتے تو ریت پر زیادہ دیر تک نظریں جمائے رہنے سے بعض اوقات ریت بھی ہلتی، سرکتی ہوئی معلوم ہونے لگتی۔

سمندر کے نظارے کا لطف اٹھانے والوں اور ساحل پر چہل قدمی یا یوگا کی مشقیں کرنے والے لوگوں میں سے چند ایک نے شکایت کی اور بعض نے انگریزی اخباروں میں

مدیر کے نام خط بھی لکھے۔ مگر ان کی شکایت پر ناشتے کی میز پر تھوڑی سی گفتگو سے زیادہ توجہ نہیں دی گئی۔ یہ لوگ جو کچھ کرتے رہنے کے عادی ہو گئے تھے، وہ سب یوں بھی کر سکتے تھے۔ آخر کو انہیں جگہ چاہیے تھی، سو موجود تھی، پہلے سے بھی زیادہ! سمندر کے غائب ہو جانے کے بعد شہر کے نوجوانوں میں ایک بے چینی سی پائی جانے لگی، جس میں موضوع بننے کا زیادہ امکان تھا مگر جس کو مختلف ٹی وی چینلز کے ٹاک شوز میں موضوع بنایا گیا اور نہ اس کے بارے میں انگریزی اخباروں میں کوئی خط دیکھنے میں آیا۔ یہ بے چینی بھی مبہم سی تھی، جس کو پوری طرح بیان کرنا بھی مشکل تھا، اس لیے کہ اس کا احساس بھی غیر واضح تھا۔ جیسے صبح شام غسل کرنے کے عادی کو کئی دن تک نہانے کا موقع نہ ملے۔ میٹھا پسند کرنے والوں کو یک لخت میٹھا ملنا بند ہو جائے۔ ایک الجھن، گھبراہٹ، جیسے ہاتھ پاؤں اینٹھ رہے ہوں اور بدن ٹوٹا جا رہا ہو۔ ایک نوجوان نے شکایت کے لہجے میں کہا کہ سمندر کے چلے جانے کے بعد سے اسے سردی لگے جا رہی ہے، تو کسی بزرگ نے ٹوک دیا تم کون سا سمندر کو اوڑھے لپیٹے رہتے تھے؟

نوجوان نے کوئی جواب نہیں دیا۔ آخر کو سمندر بہت کچھ سمیٹ لیتا تھا۔ ہاکس بے، سینڈز پٹ کی ریت پر بنی ہوئی ہٹس صرف گھر والوں کے ساتھ تفریح تک محدود تو نہ تھیں۔ کسی بھی ویک اینڈ کے بعد لمبی ڈرائیو پر اپنی ہم عمر دوستوں کے ساتھ وقت گزارنے کے لیے وہاں کے چوکی دار کی مٹھی گرم کرنے کے بعد اس جگہ کو حاصل کیا جا سکتا تھا اور سمندر اس کے لیے پرفیکٹ سیٹنگ فراہم کرتا تھا۔ اور اگر یہ جگہ نہ بھی ملے تب بھی چٹانوں کی اوٹ میں یا پھر گاڑی ایک طرف روک کر اپنا کام پورا کیا جا سکتا تھا۔ ذرا سوچیے، کھلی ریت میں اس طرح گاڑی تو نہیں روکی جا سکتی، کئی نوجوانوں کے دل میں خیال ضرور آیا ہوگا۔ مگر یہ بات کسی نے کہی نہیں۔ وہ ہٹس تو اب بھی اس طرح موجود

تھیں۔ فلڈ لائٹس بھی اسی طرح جل رہی تھیں اور دیوار کے ساتھ وارننگ اب بھی مٹائی نہیں گئی تھی ستمبر کے مہینے میں سمندر میں نہانا منع ہے، تیز موجیں آپ کے لیے خطرہ بن سکتی ہیں۔ سمندر نہیں رہا، انتباہ بھری دیوار سامنے کھڑی تھی۔

پریس کلب کے سامنے ایک دن ایک جلوس نکالا گیا۔ پہلے پہل اس پر خاطر خواہ توجہ نہیں دی گئی اس لیے کہ وہاں آئے دن جلوس نکلتے رہتے ہیں۔ پھر اس جلوس میں ایسی کوئی خاص بات نظر بھی نہیں آرہی تھی۔ نہ پلے کارڈز، نہ بینرز، نہ میڈیا کوریج، تھوڑی سی عورتیں نعرے لگارہی تھیں اور نعرے بھی ایک آواز میں نہیں تھے۔ وہ لمبی قمیصیں اور گھگھرے پہنے ہوئے تھیں، کئی کی چادریں میلی تھیں یا بدرنگ اور ان کے بازوؤں میں کڑے اور چوڑیاں موٹے اور بھدّے تھے۔ یہ سب کسی ایک بس میں بھر کر شہر کی ایک گنجان آباد، پرانی بستی سے آئی تھیں، ان کو واپس جانے کی جلدی تھی اور گھبراہٹ بھی۔ کئی کے ساتھ چھوٹے بچّے بھی تھے، کچھ کی ناک بہہ رہی تھی اور کئی ایک گلا پھاڑ کر چلا رہے تھے۔ بچوں کے رونے کی آواز نعروں میں رلی ملی جارہی تھی جیسے وہ اسی کا حصہ ہو "جھینگا مچّھی ی ی ی۔۔۔ جھینگا مچھی ی ی ی۔۔۔" ان کے نعرے کا اتنا ٹکڑا صاف سنائی دیتا کہ اس میں آواز بلند ہوتی پھر اس کے بعد دب کر ڈھیر ہونے لگتی۔ "یہ فشریز میں کام کرنے والیاں ہیں" پریس کلب کے باہر کھڑے ہوئے لوگوں میں سے کسی نے اپنے ساتھیوں کو بتایا۔ "ان کا تو روزگار سمندر سے بندھا ہوا ہے۔ یہ حکومت سے مطالبہ کر رہی ہیں کہ ان کا متبادل بندوبست کیا جائے۔"

"جھینگا مچھی ی ی ی۔۔۔ آ" ایک نعرے کے ساتھ ان عورتوں نے ہوا میں ہاتھ لہرائے۔ اتنی دور سے یہ تفصیلات محو ہو گئیں کہ ان کی انگلیوں کی پوریں کٹی پھٹی ہیں اور یہ ہاتھ میلے، گندے، کالے ہیں اس سمندر کے برخلاف جو ان کے نعروں میں گرج رہا تھا۔

ایک اور دن ایسے ہی اور لوگ اسی جگہ پھر جمع ہو گئے۔ ان میں عورتوں کے ساتھ چند مرد بھی تھے۔ ان کے رنگ زیادہ گہرے تھے۔ یہ لوگ آپس میں کسی اور زبان میں بات کر رہے تھے اور ان کے نعروں میں جھینگے کا یا مچھلی کا نام نہیں آ رہا تھا۔ بلکہ ان کے نعرے ہی نہیں تھے۔ یہ لوگ سُست رفتاری سے بڑھ رہے تھے۔ ان میں سے کسی آدمی نے، جس نے ڈھول کہیں نہ کہیں اٹھا رکھے ہوں گے، تھاپ دینا شروع کی۔ پہلے آہستہ، آہستہ پھر بڑھتے بڑھتے تیز، تیز ایک دم سے زور لگا کر بہت تیز۔ جلوس کے آگے آگے چلنے والی سیاہ رنگ بوڑھی عورت نے منھ ہی منھ میں بُدبدا کر کچھ کہا اور اپنی جگہ کھڑے کھڑے ہلنے لگی۔ وہ کچھ کہہ رہی تھی اور جھوم رہی تھی۔ ایک تواتر کے ساتھ وہ جھوم رہی تھی اور اس کا بدن تھاپ کے آہنگ میں ہل رہا تھا۔ آہنگ میں ہلتے ہلتے اچانک اس میں جیسے بجلی سی بھر گئی اور دونوں ہاتھ ہوا میں اٹھا کر اس نے مستانہ وار تھرکنا شروع کر دیا۔ "مور صاحب! مور صاحب" اس نے زور سے آواز دی اور پھر جیسے بے جان ہو کر سڑک پر گر پڑی۔ جلوس آگے بڑھتا رہا۔

"پتہ نہیں یہ لوگ اس قدر اودھم کیوں مچا رہے ہیں؟" پریس کلب کے باہر وہ آدمی اپنے ساتھی سے کہہ رہا تھا جس سے پوچھا گیا تھا کہ جلوس میں یہ کون لوگ ہیں۔ "ان کے اوپر کون سا آسمان ٹوٹ پڑا؟ فائدہ ہوگا اور زمین کا الاٹ منٹ کھلے تو سب سے پہلے یہی روتے گاتے، دوڑے چلے آئیں گے، محرومی اور پسماندگی کا رونا روتے ہوئے!"

اس کے مخاطب نے جو جواب دیا، وہ شور میں بکھر گیا کیونکہ جلوس کے لوگ، منتشر ہونے سے پہلے اس بوڑھی عورت کو سہارا دے کر سڑک سے اٹھا رہے تھے۔

"قائداعظم کا مزار سلامت ہے، شہر کی اصل نشانی تو وہی ہے۔" پہلے آدمی کی آواز آئی۔ "ٹی وی کے ٹیلپ پر وہی ہر بار دکھایا جاتا ہے۔ آخر دوسرے شہر بھی تو ہیں سمندر

کے نہ ہونے سے کون سا نقصان ہو گیا ہے ؟ کچھ بھی نہیں، کچھ بھی نہیں۔۔۔"

جلوس ذرا ہی دیر میں بکھر گیا۔ جلوس کے شرکا سڑک کے ہجوم میں شامل ہو گئے۔

بعض عملی مشکلات بھی پیش آنے لگیں۔ ایک اربن لیجنڈ کے طور پر "نیٹو جیٹی" کے پُل کی وہ حیثیت مدتوں پہلے ختم ہو گئی تھی جب اپنی زندگی سے مایوس ہو کر خودکشی کرنے والے لوگوں نے یہاں سے چھلانگ لگانے کے بجائے دوسرے راستے اختیار کر لیے تھے اور خودکشی کے بڑھتے ہوئے حالیہ رواج نے بھی پُل کی پرانی حیثیت کو بحال نہیں کیا، لیکن پُل کے نیچے سوکھی ریت اڑ اڑ کر ریل کی پٹڑیوں پر جمع ہونے لگی۔ سب سے پہلے وہاں سے وہ لوگ کم ہوئے جو منّت مراد کے لیے مچھلیوں کو آٹا کھلاتے تھے۔ سکّوں کی ڈھیریاں سامنے رکھے ہوئے اور گھی کے پرانے، خالی کنستر میں آٹے کی گولیاں بنا کر بیٹھے رہنے والے بھی غائب ہو گئے اور ان سے مول لے کر یہ گولیاں دعا کے ساتھ پانی میں پھینکنے والے وہ لوگ بھی جن کو ان کی کوئی نہ کوئی ضرورت یا مصیبت وہاں کھینچ کر لے آتی تھی۔

جس دن شہر میں چُپ تعزیہ اٹھا، اس دن جلوس کے شرکاء کے سامنے یہ سوال بھی اٹھا کہ تعزیے کہاں ٹھنڈے کیے جائیں، سمندر تو رہا نہیں۔ اس سوال پر شہر بھر کے جیّد علماء نے بہت غور و خوض کیا لیکن کسی خاطر خواہ نتیجے پر پہنچے بغیر ان کا اجلاس ختم ہو گیا۔ امام حسینؓ کے نام عریضے ڈالنے کا طریقہ بھی شہر میں اسی دُبدھا کا شکار ہو گیا۔ جو لوگ اپنے سوال لکھ لکھ کر نیٹو جیٹی کے پُل پر سے پانی میں ڈال دیتے تھے کہ ان کا عریضہ امام حسینؓ کے پاس پہنچ جائے گا، اس طرح اپنے سوال ریت پر لکھ کر بھیجنے کے لیے تیار نہیں ہوئے۔ ان کے سوال ایک اس سمندر کے نہ ہونے سے وہیں کے وہیں رہ گئے اور جب سوال ہی نہیں آگے گیا تو پھر ان کا حامی و ناصر کون ہوتا، اب تو سمندر بھی نہیں رہا۔۔۔

مٹّی ہی مٹّی تھی اور کوّے، وہاں بہت سارے کوّے تھے جو ادھر ادھر سے آ گئے تھے اور شور مچا مچا کر اُڑ رہے تھے۔ شہر پر آسمان کی چادر پھڑ پھڑا رہی تھی اور اسے اپنی جگہ روکنے کے لے لگائی جانے والی کیلیں، یہ کوّے، ہوا کے سامنے ٹھہر نہ پا رہی ہوں۔ اب آسمان پھر ہلا، نیچے کی طرف جھکا اور کوّوں کے ساتھ اوپر اٹھ گیا۔ پرانی روئی کی طرح پھول رہا تھا آسمان جس میں پانی جذب ہو گیا ہو اور قطرہ قطرہ ٹپکنے لگے، بوند بوند سمندر جس میں اب بس بوندیں رہ گئی تھیں، سمندر نہیں۔

ایک دن ایک آدمی نے خواب دیکھا، سمندر کا خواب، اور اسی جگہ آ کر بیان کرنے لگا جہاں شام کے وقت بہت سے لوگ جمع ہو جاتے تھے اور باتیں کرنے لگتے تھے۔ اس نے کہا "میں نے دیکھا۔۔۔ میں نے دیکھا۔۔۔ اجلی ریت کے سامنے، ہرا اور نیلا، پانی ہی پانی دور تک پھیلا ہوا جہاں تک نظر جائے۔ لہروں کے اوپر سفید سفید جھاگ اور لہریں اچھلتی ہوئی اُٹھتی چلی آتی ہیں اور جب گرتی ہیں تو ان کا زور ٹوٹتا ہے، سفید جھاگ ریت کے اوپر بڑھا چلا آتا ہے اور پانی پیچھے ہٹتا ہے تو صاف ریت اس طرح نکلتی چلی جاتی ہے جیسے سمندر کی تہہ سے نکلی ہو اور پانی کے ساتھ بہتی جا رہی ہو۔ میرا جی چاہا کہ اس ریت میں پیر گاڑ کر کھڑا ہو جاؤں جیسے اپنے بچپن میں کیا کرتا تھا جب ہم کبھی اپنے سارے گھر والوں کے ساتھ سمندر پر پک نک منانے جاتے تھے۔ پانی پر سمندری پرندے اڑ رہے تھے اور ریت پر اونٹ والا مہار تھامے کھڑا پوچھ رہا تھا، صاحب سواری چاہیے۔۔۔ میں نے اس کو منع کرنے کے لیے سر ہلایا تو میری آنکھ کھل گئی۔۔۔ وہاں سمندر نہیں تھا اور میں اپنے بستر پر تھا۔۔۔"

اس نے خواب بیان کیا تو دوسرے لوگوں نے بھی بولنا شروع کر دیا۔۔۔ کلفٹن، سیر۔۔۔ پیراڈائز پوائنٹ، ساحل کی چٹان، چٹان پر سے اچھلتا ہوا پانی، ہاکس بے، ساحل

پر بنی ہوئی تفریحی ہٹ، سینڈز پٹ، اجلی ریت، لپکتا ہوا پانی اور پھر ریت کو بھگونے کے بعد پیچھے ہٹا ہوا۔۔۔ وہ سب ایک ساتھ بول رہے تھے، اپنی اپنی باتیں دُہرا رہے تھے کہ ان میں سے ایک آدمی کو لگا جیسے سمندر پھر دکھائی دے رہا ہے۔۔۔ پانی گدلا ہے اور ریت پر کوڑا بکھرا ہوا ہے، جوس کے خالی ڈبے، پلاسٹک کی تھیلیاں، موسمبی کے چھلکے، پیکٹ جو استعمال کے بعد چُرمرا کر پھینک دیے گئے ہیں اور پیچھے ہٹتی ہوئی لہروں کے سامنے بے تحاشا لوگ اتنی سی جگہ میں بھرے ہوئے اور پھر بھی تفریح کے موڈ میں، ان کی آوازیں لہروں کے شور کے اوپر سے گونجتی اور ٹکراتی ہوئی، پھر ان کے سامنے دیوار، عمارت کا ادھ بنا ڈھانچہ جس نے سمندر کو دونوں ہاتھوں سے جیسے بھینچ لیا ہو، سکیڑ لیا ہو، گدلے پانی کے اوپر تیل کے کالے چکتّے جو پانی کے بہاؤ کے ساتھ پیچھے ہٹنے کے بجائے وہیں جمے کھڑے ہیں، مری ہوئی مچھلیوں کی سڑی بدبو جو دھیرے دھیرے بڑھتی جا رہی ہے۔ یہاں تک کہ اتنی دبیز اور تیز ہو جاتی ہے کہ سانس رُکنے لگتا ہے۔ سانس میں جیسے کوئی چیز پھنس رہی ہے اور قے کو روکتے ہوئے آپ وہاں سے مڑ کر واپس جانے لگتے ہیں سمندر سے مخالف سمت میں۔۔۔

اس شام ہوا بند تھی۔ شہر والے سمندر کی چوری کے اسی طرح عادی ہوتے جا رہے تھے جیسے کبھی سمندر کنارے مقیم رہنے کے عادی ہوئے ہوں گے۔ ہوا بھی کئی دن سے بند تھی۔ دن بھر کی گرمی کے بعد شام کے وقت سمندر کے رُخ سے ہوا چلنی شروع نہیں ہوئی۔۔۔ سمندر ہوتا تو ہوا چلتی، کسی نے اپنی دانست میں بہت کانٹے کی بات کہی۔۔۔ اور حبس کا عالم سارے شہر پر یوں چھایا ہوا تھا جیسے کسی نے ایک گرم، چپچپاتا ہوا شیشے کا مرتبان اوپر سے لا کر شہر پر دھر دیا ہو۔

شام ہوتے ہوتے بدبو سارے شہر میں پھیلنے لگی۔ مچھلیاں اور کیکڑے فٹ پاتھ پر

بکھرے ہوئے نظر آنے لگے۔ سمندری پرندے بجلی کے کھمبوں پر بیٹھے ہوئے تھے، اُداس اور بے مصرف۔۔۔ پر بُھلائے ہوئے، اُڑنے سے بیزار۔۔۔ جیسے کوّے بارش میں بھیگ گئے ہوں۔۔۔

باہر سے آئے ہوئے پرانے کپڑوں۔۔۔ سوئٹر، جرسیاں، کوٹ۔۔۔ کے دام گر گئے۔ انڈے مہنگے ہو گئے۔ کلفٹن کے علاقے میں ٹریفک کا دباؤ برائے نام رہ گیا۔ مالش کرنے والے کم عمر لڑکوں اور کھمبوں کے نیچے کھڑی ہوئی عورتوں میں بے تحاشا اضافہ ہو گیا۔ برگر فروخت کرنے والی ایک ملٹی نیشنل نے اپنی ایک نئی ڈیل کا اعلان کر دیا۔۔۔ صحرا کے شہر میں فاسٹ فوڈ کی نئی روایت۔۔۔ اگلے دن بڑی بڑی تصویریں میڈیا سے جھلکنے لگیں جن میں پانی اُترتا تھا اور صحرا کے وسط سے ریت میں جگمگاتا شہر برآمد ہوتا تھا، برگر میں بند۔۔۔ دانتوں سے کاٹ کر ایک ٹکڑا آپ بھی کھائیے ناں۔۔۔ باقی شہروں کے رہنے والے اپنے مقامی ڈیلروں سے رجوع کریں۔۔۔

یاد رکھیے، یہ گولڈن پیش کش صرف محدود مدت کے لیے ہے!

ایسی ہی ایک صبح کی ملگجی، مٹیالی روشنی پھیلنے بھی نہ پائی ہو گی کہ سمندر والے دیکھیں گے شہر کو چُرا لیا گیا ہے۔ تب تک کہانیوں میں ان کی کہانی تمام ہو چکی ہو گی۔ مٹّی میں مل کر مٹّی، پانی میں مل کر پانی۔۔۔

اس وقت کون کہاں ہو گا اور سمندر کہاں؟

سمندر کے ساحل پر ریت میں قدموں کا ایک نشان بنا ہوا ہے، جس میں پانی بھرتا جا رہا ہے اور ایک اونٹ والا اس کے پاس بیٹھا رو رہا ہے۔

Ref.: penslipsmagazine.com

***

درزی

حجاب امتیاز علی

رات کے پون بجے جب شبی نے مجھے کسی درزی کی دکان پر چلنے پر اصرار کیا تو میں حیران ہو کر بولی "مگر اس وقت؟"

"ہاں ہاں اسی وقت روحی۔۔۔ عید کی مصروفیت کی وجہ سے آج کل دن کے وقت درزی نہیں ملتا۔ تم جلدی سے اپنی کار نکالو۔" شبی نے اصرار کیا۔

"اچھا۔۔۔" میں بادل نخواستہ مان گئی اور گیراج سے اپنی کار باہر نکال لائی۔

شبی گھبراہٹ اور پریشانی کے عالم میں اپنے کپڑوں کا بنڈل ہاتھ میں لیے کار میں میرے ساتھ ہی بیٹھ گئی۔

کچھ دیر بعد کار چلاتے چلاتے میں نے پوچھا "میں اتنی رات گئے صرف تمہاری ضد پر نکلی ہوں۔ لاہور اتنا بھی محفوظ شہر نہیں ہے۔ تمہیں اپنے کپڑے لینے ہیں یا کسی درزی کی تلاش ہے؟"

"ارے بھئی درزی کی تلاش ہے۔ موزوں درزی نہیں مل رہا۔ عید کا زمانہ ہے، چلو جلدی چلو۔" اس نے کہا۔

جب ہم گھر سے نکلے تو باہر لوگوں کا ہجوم اُبلتے سمندر کی طرح ٹھاٹھیں مار رہا تھا۔ عید کی خریداری کرنے لوگ یوں دیوانہ وار بازاروں کی طرف رواں دواں تھے جیسے عید

پر پھر کبھی نہیں آئے گی۔ میں اور شبی درزی کی تلاش میں بڑی تیزی سے شہر کی طرف جا رہی تھیں۔ شاید کوئی 'خالی درزی' مل جائے تو شبی بھی اپنا لباس سلوا لے۔

شبی بڑبڑا رہی تھی "دیکھو تو روحی، آج کل انسان کس طرح انسان ہی کے درپے آزار ہے۔ گاہکوں کو درزی نہیں ملتے اور لباس پہننے کی تاریخ سر پر آجاتی ہے۔"

میں ہنس پڑی اور بولی "یہ دنیا کا کوئی اتنا اہم مسئلہ نہیں شبی۔ جب میں سوچتی ہوں تو انسان کے سبھی مسائل مجھے ادھورے ہی نظر آتے ہیں اور تم ایک درزی کے مسئلے کو اتنی اہمیت دے رہی ہو!"

کپڑوں کی تھیلی پچھلی نشست پر پھینکتے ہوئے شبی کہنے لگی "ہر انسان کے لیے اپنا مسئلہ اہم ہوتا ہے روحی۔ تم جانتی ہو، دو دن سے میں درزیوں کی تلاش میں ماری ماری پھر رہی ہوں کہ خدا کے لیے مرا لباس سی دو۔ مجھے پرسوں پہننا ہے مگر کسی نے ہامی نہ بھری۔ کہنے لگے، چھ چھ مہینوں سے عید کے کپڑے سل رہے ہیں، اب نیا کپڑا نہیں لیا جا سکتا۔"

میں نے کہا "ٹھیک تو کہتے ہیں۔ دیکھو اب تو عید سر پر آگئی ہے۔"

"لیکن یہ لباس تو مجھے عید سے پہلے پہننا ہے۔"

"عید سے پہلے؟" میں نے ذرا تعجب سے پوچھا۔

"ہاں۔۔۔"

"ٹھیک ہے۔" میں نے کہا "مگر تم یہ بھی جانتی ہو کہ پاکستان میں عید کی تیاریاں تمام رات بلکہ سحر کی اذان تک ہوتی رہتی ہیں۔ درزی بے چارے نمازِ سحر کے وقت دو گھڑی کے لیے دکان بند کرتے اور پھر اپنے کام پر لگ جاتے ہیں۔ اب تم عید کے بعد ہی اپنا جوڑا سلوانا۔"

وہ بھونچکا ہو کر مجھے دیکھنے لگی "عجیب باتیں کرتی ہو۔" یہ کہہ کر چپ ہو گئی۔ شہر کے درزیوں سے مایوس ہو کر اب ہم گلبرگ واپس جارہی تھے۔ شہر کا یہ حصہ نسبتاً پر سکون تھا۔ رات کا سناٹا اور تاریکی بڑھتی جارہی تھی۔ میں کسی انجانے خوف اور شبی درزی نہ ملنے سے سہمی ہوئی گھر کی طرف لوٹ رہی تھیں۔

اچانک سڑک کنارے کھڑے ایک بڑے تناور درخت پر سے ہولناک 'قو قو' کی صدا بلند ہوئی۔ اسے سن کر اسٹیرنگ پر میرے ہاتھ کانپ گئے۔

شبی کو بھی اس کا احساس ہو گیا۔ پریشان ہو کر کہنے لگی "سنا تم نے؟ رات کا پرندہ اچانک چیخ اُٹھا۔ خدا کی پناہ۔"

میں بے حد خوف ہو کر کہنے لگی "شکر ہے پرندہ تھا، انسان نہیں۔ میں انسانوں سے کتراتی ہوں، پرندوں سے نہیں کہ یہ ظالم نہیں ہوتے۔"

شبی کہنے لگی "اس قسم کے پرندے تو ایشیائی گرم راتوں میں چیختے رہتے ہیں۔"

"ہاں۔۔۔" میں نے لرزاں آواز میں کہا "لیکن مجھ میں دوبارہ رات کے اس پرندے کی قو قو سننے کی ہمت نہیں۔ شبی! کچھ مخصوص سی آواز تھی۔"

شبی کہنے لگی "روحی! کیا حرج ہے ذرا لبرٹی مارکیٹ کے درزیوں سے بھی پوچھ لیں۔"

میں نے کار لبرٹی مارکیٹ کے آخری حصے کی طرف موڑ لی جہاں چند درزیوں کی دکانیں تھیں۔ جب کسی نے بھی ہامی نہ بھری تو ہم مایوس ہو کر لبرٹی مارکیٹ سے ملحق چھوٹے راستے سے گھر کی طرف چل پڑے۔ ہم ہسپتال کے سامنے سے گزر ہی رہی تھے کہ وہ مری کار کے آگے آگیا۔ شاید وہ سڑک پار کرنا چاہتا تھا۔ اگر میں بڑی ہوش مندی سے بریک نہ لگاتی تو اس کا قیمہ ہو جاتا، مجھے بے حد غصہ آیا۔ کار ٹھہراتے ہوئے میں نے چیخ کر کہا "تم ہوش میں ہو؟"

آدمی نے کوئی جواب نہ دیا۔ اس کی بغل میں ایک پوٹلی تھی جس سے کچھ سفید رنگ کے کپڑے باہر لٹک رہے تھے۔

شبی چیخ پڑی۔ "ٹھہرو روحی، ٹھہرو۔ شاید درزی ہو، اس کی بغل میں کپڑے ہیں۔"

میں نے پھر کار سے گردن باہر نکال کر پوچھا "تم درزی ہو؟"

"ہاں۔۔۔" اس نے اقرار کیا۔ مگر اس کی آواز میں پھنکار سی تھی، جیسے کوئی گلے کا مریض آہ بھر رہا ہو۔

شبی بے حد خوش ہو گئی، کہنے لگی "میں تمہاری بغل میں کپڑوں کا بنڈل دیکھ کر سمجھ گئی تھی۔"

اب میری نظر دوبارہ درزی کے ادھ کھلے بنڈل پڑی۔ کچھ کپڑے باہر لٹک رہے تھے، وہ سفید رنگ کے عجیب بے ڈھنگے سے لمبے لمبے کپڑے تھے۔ انہیں دیکھ کر مجھے جھرجھری محسوس ہونے لگی۔

شبی درزی سے کہہ رہی تھی۔ "میرا ایک لباس سی دو گے؟"

درزی نے پہلی دفعہ نظر اُٹھا کر ہم دونوں کو دیکھا۔ شاید سوچ رہا تھا کہ ضرورت مند کون ہے۔ اس وقت میں نے دیکھا کہ درزی کا رنگ دودھ کی طرح سفید ہے۔ وہ میانہ قد اور ادھیڑ عمر آدمی تھا۔ غور سے دیکھنے کے بعد مجھے یوں محسوس ہوا کہ اس کی آنکھوں کا رنگ بھی سفید ہے، سیاہی کہیں نام کو نظر نہ آئی۔ یا شاید مدھم روشنی میں آنکھ کی سیاہی چھپ گئی۔

بہر حال مجھے وہ اپنی سفید رنگت اور سفید آنکھوں کی وجہ سے انتہائی خوفناک لگا، لیکن میں شبی سے اس کے متعلق کچھ کہنا نہیں چاہتی تھی۔ کیونکہ وہ اس وقت خلاف توقع درزی دستیاب ہونے پر بے حد خوش نظر آ رہی تھی۔ اس نے غالباً درزی کو غور سے

دیکھا ہی نہیں۔ درزی کا لباس بھی مجھے اچھا نہ لگا۔ اس نے سفید رنگ کی عبا پہن رکھی تھی جو رات کی پر اسرار ہواؤں میں متحرک تھی۔

شبی کہنے لگی "مگر یہ مقام تو کپڑے دکھانے اور ناپ دینے کا نہیں، میرے گھر آ جاؤ۔"

"ہاں۔۔۔ مجھے آنا ہی پڑے گا۔" درزی نے اپنی پست آواز میں کہا۔

جانے کیوں مجھے اس کے یہ الفاظ اور آواز بھی مایوس اور ناگوار لگی۔ بھلا اسے کیا مجبوری تھی کہ اسے آنا ہی پڑے گا؟ یہ کوئی چور ڈاکو یا جاسوس تو نہیں؟ میں سوچنے لگی۔ لیکن شبی یہ ساری باتیں نظر انداز کر رہی تھی اور خوش تھی کیونکہ اسے بمشکل ایک درزی دستیاب ہوا تھا۔

"گھر کا پتا لکھ دوں؟" وہ اپنا دستی بٹوا کھولنے لگی تاکہ کاغذ اور پنسل نکال سکے۔

"اس کی ضرورت نہیں۔" درزی کی آواز بہت مدھم پڑ گئی تھی۔ یہ جواب سن کر میں اور بھی بدگمان ہو گئی کہ ضرور یہ کوئی مشکوک آدمی ہے۔

شبی کو بھی شاید کچھ تعجب ہوا، پوچھنے لگی "تو پھر پہنچو گے کیسے؟"

"جہاں مجھے پہنچنا ہو، پہنچ جاتا ہوں۔" درزی کا یہ جواب بھی مجھے بڑا عجیب لگا۔ میرے شبہات یقین کے درجے پر جا پہنچے۔

"کب آؤ گے؟" شبی نے سوال کیا۔

"کل۔"

"کس وقت؟"

"اسی وقت۔"

شبی حیران ہو کر کہنے لگی "اس وقت؟۔۔۔ مگر اس وقت تو رات کے دو بج رہے

ہیں۔"

"اس سے پہلے مجھے فرصت نہیں اور یہی وقت ہے۔" یہ کہتے ہوئے وہ یو سی ایچ کے دروازے کی طرف بڑھ گیا۔

میں پریشان ہو کر بولی "تم نے اچھا نہ کیا شبی، جانے یہ کون تھا!"

"درزی تھا اور کون ہوتا؟" شبی چیں بجبیں ہو کر بولی۔ پھر کہنے لگی "اس کی بغل میں کپڑوں کی گٹھڑی دیکھتے ہی میں سمجھ گئی تھی کہ درزی ہے۔"

"لیکن تم نے وہ کپڑے بھی دیکھے جو گٹھڑی کے باہر لٹک رہے تھے؟" میں نے کار چلاتے چلاتے پوچھا۔

"نہیں تو۔۔۔ کیوں ان میں کیا خاص بات تھی؟" وہ پوچھنے لگی۔

"سفید رنگ کے لمبے لمبے سے تھے اور اندھیری رات میں مجھے سفید کپڑا برا لگتا ہے شبی۔" میں نے کہا۔

وہ ذرا برا مان کر کہنے لگی "توبہ روحی، تمہاری نازک مزاجی نے آفت ڈھا رکھی ہے۔ تمہیں تو متاثر ہونے کا بہانہ چاہیے۔ موسیقی، شعر، رنگ کے سوا تمہیں کوئی چیز پسند نہیں آتی۔"

"اتنا مبالغہ نہ کرو شبی، مجھے اس کائنات کا سارا حسن پسند ہے۔" یہ کہہ کر میں چپ ہو گئی۔

اچانک کسی درخت پر رات کا ایشیائی پرندہ بول پڑا۔ "قو۔ قو۔ قو۔" ساتھ ہی میں نے کار کی رفتار تیز کر دی۔ رات کے سناٹے میں میرے لیے اس کی نامانوس پکار ناقابل برداشت تھی۔

وہ بے حد ویران اور اندھیری رات تھی۔ اندرون شہر، آنے والی عید کی تیاریاں اور

ہنگامے جاری تھے، مگر شہر سے باہر گلبرگ حسب معمول خاموش اور کچھ زیادہ ہی پرسکون تھا۔ آسمان پر تارے بھی مجھے دم بخود معلوم ہو رہے تھے۔ ہوا بھی تھم کر چل رہی تھی۔ ہم گھر کی طرف رواں دواں تھیں۔ مجھے جیسے سانپ سونگھ گیا تھا، بالکل خاموش تھی۔

"اب اتنی چپ کیوں ہوگئی ہو روحی؟ تمہیں تو ہر موضوع پر بات کرنے یا کوئی شعر سنانے کا مرض ہے۔ خدا کے لیے کوئی بات کرو، ہول آرہا ہے تمہاری خاموشی اور رات کے سناٹے سے!" شبی نے بیزار بلکہ قدرے خفا ہو کر کہا۔

میں بولی۔ "ایک بات کہوں شبی؟"

"کہو کہو۔" شبی نے کہا۔

"جو تمہارا درزی تھا نا۔۔۔ اس کی آنکھیں دودھ کی طرح سفید تھیں۔ مجھے تو اس کی آنکھوں پر سیاہی کہیں نظر نہیں آئی۔ وہ تمہارے کپڑے کیونکر سیے گا؟"

شبی ذرا پریشان ہوگئی، کہنے لگی "کیا واقعی؟ میں نے غور ہی نہیں کیا۔ خیر کپڑے سینا اس کی ذمہ داری ہے۔"

"مگر اس کی آنکھیں؟" میں نے سوال کیا۔

شبی اچانک خوفزدہ ہو کر کہنے لگی۔ "کیا واقعی اس کی آنکھیں ایسی تھیں جیسے تم کہہ رہی ہو؟"

"ہاں۔۔۔" میں نے کہا "کم از کم میں نے سیاہی نہیں دیکھی۔" یہ کہتے ہوئے مجھ پر ذہنی انتشار طاری ہو گیا۔ ویسے بھی میں ایک بزدل عورت ہوں۔ جس چیز سے ڈرنا چاہیے، اس سے نہیں ڈرتی، جس سے نہیں ڈرنا چاہیے، اس سے خوف زدہ ہو جاتی ہوں۔

گھر پہنچتے ہی میری بوڑھی حبشن خادمہ حسب عادت ناخوش لہجے میں بولی "رات

گزر چکی ہے خاتون روحی، اور آپ دونوں درزی کی تلاش میں نکلی نکلی اب گھر پہنچی ہیں۔ کافی پیئیں گی کہ چائے؟"

"کافی۔۔۔" میں نے کہا

"درزی مل گیا تھا خاتون شبی؟" خادمہ نے پوچھا۔

"ہاں مل گیا تھا زوناش۔" شبی نے خوش ہو کر کہا۔ پھر کہنے لگی "دیکھو وہ کل رات دو بجے آئے گا' خیال رکھنا۔"

زوناش یہ سن کر متوحش ہو گئی۔ ویسے بھی بات بات پر دعائیہ انداز میں آیات پڑھنا اس کی عادت تھی۔ ایک عربی دعا پڑھتے ہوئے وہ پوچھنے لگی:

"دو بجے رات بی بی؟"

"ہاں ہاں کل دو بجے رات۔ اس کے پاس وقت نہیں ہے۔ گھنٹی کی آواز سنتے ہی دروازہ کھول دینا۔" شبی نے تاکید کی۔

زوناش خوف زدہ ہو گئی لیکن اس نے کوئی جواب نہ دیا۔

دوسرا دن نکل آیا اور اپنے وقت پر ختم ہو گیا۔ سورج حسب معمول اُفق تلے جا چھپا اور اندھیری رات بیتنے لگی۔

رات کے کوئی ڈیڑھ بجے شبی نے اچانک اپنی خواب گاہ کا دروازہ کھولا اور آواز دی:

"زوناش زوناش! میرے سر میں درد ہو رہا ہے 'ایسپرو' کی گولی لے آؤ۔ پھر ذرا میرے پاس آ بیٹھو اور سر دبا دو۔"

"بہت اچھا بی بی۔" کہتے ہوئے خادمہ شبی کے کمرے میں چلی گئی۔ ذرا دیر بعد اس نے میری خواب گاہ کا دروازہ کھٹکھٹایا۔ وہ بدحواس ہو رہی تھی۔ کہنے لگی "خاتون شبی کے سر میں شدید درد ہے۔ مجھے تو ان کی حالت۔۔۔"

گھڑیال ٹن ٹن دو بجانے لگا۔ اچانک باہر کے صدر دروازے کی گھنٹی بج اُٹھی۔ میں نے ڈرتے ڈرتے جاکر دروازہ کھول دیا۔ باہر سفید لباس میں ملبوس وہی پر اسرار آدمی کھڑا تھا، مجھے دیکھتے ہی بول اُٹھا:

"میں کفن سینے آگیا ہوں"۔

Ref.: urduchannel.in

***

موچی

جان گالزوردی / قاسم ندیم

میں اسے تب سے جانتا تھا، جب میں بہت چھوٹا تھا۔ وہ میرے ابو کے جوتے بناتا تھا۔ چھوٹی سی ایک گلی میں دو دکانیں ملا کر انھیں ایک دکان میں کر دیا گیا تھا۔ مگر اب وہ دکان نہیں رہی، اس کی جگہ ایک بے حد جدید طرز کی دکان تیار ہو گئی ہے۔

اس کی کاریگری میں کچھ خاص بات تھی۔ شاہی خاندان کے لیے تیار کیے گئے کسی بھی جوتے کی جوڑی پر کوئی نشان نہیں ہوتا تھا سوائے ان کے اپنے جرمن نام کے "گیسلر بردرس" اور کھڑکی پر جوتوں کی صرف چند جوڑیاں رکھی رہتیں۔ مجھے یاد ہے کھڑکی پر ایک ہی طرح کی جوڑیوں کو بار بار دیکھنا مجھے کھلتا تھا، کیوں کہ وہ آرڈر کے مطابق ہی جوتے بناتا تھا۔ نہ کم نہ زیادہ۔ اس کے تیار کیے ہوئے جوتوں کے بارے میں یہ سوچنا غیر تصوراتی تھا کہ وہ پاؤں میں ٹھیک سے نہیں آئیں گے؟ تو کیا کھڑکی پر رکھے جوتے اس نے خریدے تھے۔ یہ سوچنا بھی تصور سے دور تھا۔ وہ اپنے گھر میں ایسا کوئی چمڑا رکھنا برداشت نہیں کرتا تھا جس پر وہ بذاتِ خود کام نہ کرے۔ اس کے علاوہ پمپ شو کا وہ جوڑا بے حد خوبصورت تھا، اتنا شاندار کہ بیان کرنا مشکل تھا۔ وہ اصل چمڑے کا تھا جس کی اوپری تہہ کپڑے کی تھی۔ انھیں دیکھ کر ہی جی للچانے لگتا تھا۔ اونچے اونچے بھورے چمکدار جوتے، حالانکہ نئے تھے مگر ایسا لگتا تھا جیسے سیکڑوں برسوں سے پہنے جا رہے

ہوں۔ واقعی جوتوں کا وہ جوڑا ایک مثالی نمونہ تھا۔ جیسے تمام جوتوں کی روح اس میں منتقل ہو گئی ہو۔

دراصل یہ سارے خیالات میرے ذہن پر بعد میں ابھرے۔ حالانکہ جب میں صرف چودہ برس کا تھا، تب سے اسے جانتا تھا اور اسی وقت سے میرے دل میں اس کے اور اس کے بھائی کے لیے احترام کا جذبہ پیدا ہو چکا تھا۔ ایسے جوتے بنانا جیسے وہ بناتا تھا تب بھی اور اب بھی میرے لیے ایک عجوبہ یا حیرت انگیز بات تھی۔

مجھے بخوبی یاد ہے، ایک دن میں نے اپنا چھوٹا سا پیر آگے بڑھا کر شرماتے ہوئے اس سے پوچھا تھا، "مسٹر! کیا یہ بہت مشکل کام نہیں ہے؟"

جواب دیتے وقت سرخی مائل داڑھی سے ایک مسکان ابھر آئی تھی، "ہاں، یہ مشکل کام ہے۔"

چھوٹے قد کا وہ آدمی جیسے بذات خود چمڑے سے بنایا گیا ہو، اس کا زرد چہرہ جھریوں بھرا چہرہ اور سرخی مائل گھنگھرالے بال اور داڑھی، رخساروں سے اس کے منہ تک دائروی شکل میں ابھری چہرے کی لکیریں، گلے سے نکلی ہوئی بھاری بھرکم آواز۔ چمڑہ ایک نافرمان چیز ہے۔ سخت اور آہستہ آہستہ آکار لینے والی چیز۔ اس کے چہرے کی بھی یہی خاصیت تھی۔ اپنے آدرش کو اپنے اندر پوشیدہ رکھے ہوئے، محض اس کی آنکھیں اس سے عاری تھیں۔ جو بھوری نیلی تھیں اور جن میں ایک سادگی بھری گہرائی تھی۔

اس کا بڑا بھائی بھی تقریباً اس جیسا ہی تھا، بلکہ اس کا رنگ کچھ زیادہ زردی مائل تھا۔ شروعات میں میرے لیے دونوں میں فرق کر پانا دشوار مرحلہ تھا۔ پھر میری سمجھ میں آگیا۔ جب کبھی میں اپنے بھائی سے پوچھوں گا، ایسا نہیں کہا جاتا تو میں جان لیتا تھا کہ یہ وہی ہے اور یہ الفاظ دہرائے جاتے تو یقیناً وہ اس کا بڑا بھائی ہوتا۔

کئی بار برسوں بیت جاتے اور بل میں اضافہ ہوتا جاتا، مگر گیسلر بھائیوں کی رقم کوئی بقایا نہیں رکھتا تھا۔ ایسا کبھی نہیں ہوتا کہ اس نیلے فریم کے چشمے والے جوتا ساز کا کسی پر دو جوڑیوں سے زیادہ رقم باقی ہو۔ اس کے پاس جانا ہی طمانیت کا احساس جگا دیتا تھا کہ ہم بھی اس کے گاہک ہیں۔

اس کے پاس بار بار جانے کی ضرورت نہیں پڑتی تھی، کیوں کہ اس کے بنائے جوتے بہت مضبوط ہوتے تھے، ان کا کوئی ثانی نہیں ہوتا۔ وہ جوتے ایسے ہوتے جیسے جوتوں کی روح ان کے اندر سِل دی گئی ہو۔

وہاں جانا کسی عام دکان پر خریداری کرنے کے مترادف نہیں تھا۔ ایسا قطعی نہیں تھا کہ آپ دکان میں داخل ہوئے اور بس کہنے لگیں کہ، "ذرا مجھے یہ دکھاؤ" یا "ٹھیک ہے" کہہ کر اٹھے اور چل دیئے۔ یہاں پورے اطمینان کے ساتھ جانا پڑتا تھا، بالکل اسی طرح جیسے کسی گرجا گھر میں داخل ہوا جاتا ہے۔ پھر اس کی اکلوتی لکڑی کی کرسی پر بیٹھ کر انتظار کریں، کیوں کہ اس وقت وہاں کوئی نہیں ہوتا۔ جلدی ہی چمڑے کی بھینی بھینی بو اور تاریکی سے بھری اوپر کی کنوئیں نما کوٹھری سے اس کا یا اس کے بڑے بھائی کا چہرا نیچے جھانکتا ہوا نظر آتا۔ ایک بھاری بھر کم آواز اور لکڑی کی تنگ سیڑھیوں سے قدموں کی چاپ سنائی دیتی۔ پھر وہ آپ کے سامنے کھڑا ہوتا، بنا کوٹ کے تھوڑا جھکا جھکا سا، چمڑے کا ایپرن پہنے، آستین اوپر چڑھائے، آنکھیں اور پلکیں جھپکاتے ہوئے جیسے اسے جوتوں کے خوبصورت خواب سے جگایا گیا ہو یا جیسے وہ الّو کی طرح دن کی روشنی سے حیرت زدہ اور خواب میں خلل کی وجہ سے جھنجھلایا ہوا ہو۔

میں اس سے پوچھتا۔ کیسے ہو بھائی گیسلر؟ کیا تم میرے لیے روسی چمڑے سے ایک جوڑی جوتے بنا دوگے؟"

بنا کچھ کہے وہ دکان کے اندر چلا جاتا اور میں اسی لکڑی کی کرسی پر آرام سے بیٹھ کر اس کے پیشے کی بو اپنی سانسوں میں اتارتا رہتا۔ کچھ ہی دیر بعد وہ لوٹتا۔ اس کے کمزور اور اُبھری ہوئی نسوں والے ہاتھوں میں گہرے بھورے رنگ کے چمڑے کا ایک ٹکڑا ہوتا۔ اس کی آنکھیں اس پر گڑی رہتیں اور وہ کہتا، "کتنا خوبصورت ٹکڑا ہے!" جب میں بھی اس کی تعریف کر دیتا تو وہ سوال کرتا، آپ کو جوتے کب تک چاہیے؟" اور میں کہتا، "اوہ، بنا کسی دقت کے جتنی جلد ممکن ہو سکے بنا کر دے دو۔" اور پھر وہ سوالیہ انداز میں کہتا، "کل دوپہر؟" یا اگر اس کا بڑا بھائی ہوتا تو وہ کہتا، "میں اپنے بھائی سے پوچھوں گا۔"

پھر میں آہستہ سے کہتا، "شکریہ مسٹر گیسلر، اب اجازت، خدا حافظ۔"

"خدا حافظ!" وہ کہتا۔ مگر اس کی نگاہ ہاتھ تھامے ہوئے چمڑے پر ہی ٹکی رہتیں۔ میں دروازے کی جانب مڑتا۔ مجھے سیڑھیاں چڑھتے ہوئے اس کے قدموں کی آہٹ سنائی دیتی۔ جو اسے جوتوں کی اسی خوابوں بھری دنیا میں لے جاتی۔ مگر ایسا کوئی نیا جوتا بنوانا ہو، جو اس نے ابھی تک میرے لیے نہ بنایا ہو تو وہ جیسے مخمصے میں پڑ جاتا۔ مجھے میرے جوتے سے آزاد کر کے دیر تک ہاتھ میں لے کر اس جوتے کو دیکھتا رہتا۔ مسلسل شفقت بھری پارکھی نظروں سے نہارتا رہتا۔ جیسے اس گھڑی کو یاد کرنے کی کوشش کر رہا ہو جب بڑے جتن سے انھیں بنایا گیا تھا۔ اس کے ہاؤ بھاؤ میں کرب جھلکتا تھا کہ آخر کس نے اس قدر عمدہ نمونے کو اس حال میں پہنچایا ہے۔ پھر کاغذ کے ایک ٹکڑے پر میرا پیر رکھ کر وہ پینسل سے دو تین بار پیر کے گھیرے کا نشان بناتا، اس کی حرکت کرنے والی انگلیاں میرے انگوٹھے اور پیروں کو چھوتی رہتیں، جیسے میں نے یوں ہی اس سے کہہ دیا، "بھائی گیسلر، آپ کو پتہ ہے، آپ نے جو پچھلا جوتا بنا کر دیا تھا، وہ چرمراتا ہے۔"

کچھ کہے بغیر اس نے پل بھر میری طرف دیکھا، جیسے امید کر رہا ہو کہ یا تو میں اپنا جملہ واپس لے لوں یا اپنی بات کا ثبوت پیش کروں۔

"ایسا تو نہیں ہونا چاہیے تھا۔" وہ بولا۔

"ہاں مگر ایسا ہوا ہے۔"

"کیا تم نے انھیں بھگویا تھا؟"

"میرے خیال سے تو نہیں۔"

یہ سن کر اس نے اپنی نظریں جھکا لیں۔ جیسے وہ ان جوتوں کو یاد کرنے کی کوشش کر رہا ہو، مجھے بے حد افسوس ہوا کہ میں نے یہ بات کیوں کہہ دی۔

"جوتے واپس بھیج دو۔ میں دیکھوں گا۔" وہ بولا۔

اپنے چرمراتے ہوئے جوتوں کے بارے میں میرے اندر رحم دلی کے جذبات ابھر آئے۔ میں بخوبی تصور کر سکتا تھا کہ دکھ بھری طویل بے چینی کے ساتھ نہ جانے کتنی دیر تک وہ ان کی مرمت کرے گا؟

"کچھ جوتے۔" اس نے آہستگی سے کہا، "پیدائشی خراب ہوتے ہیں، اگر انھیں درست نہ کر سکا تو آپ کے بل میں اس کے پیسے نہیں جوڑوں گا۔"

اک بار، محض ایک ایک بار میں اس کی دکان میں بے خیالی سے ایسے جوتے پہن کر چلا گیا جو جلد بازی کی وجہ سے کسی مشہور دکان سے خرید لیے تھے۔ اس نے بنا کوئی چڑا دکھائے میرا آرڈر لے لیا۔ میرے جوتوں کی گھٹیا بناوٹ پر اس کی آنکھیں ٹکی ہوئی تھیں۔ میں اس بات کو محسوس کر رہا تھا۔ آخر اس سے رہا نہ گیا اور وہ بول اٹھا، "یہ میرے بنائے ہوئے جوتے تو نہیں ہیں؟"

اس کے لہجے میں نہ غصہ تھا نہ دکھ کا اظہار نہ نفرت کے جذبات۔ مگر کچھ ایسا ضرور

تھا، جو لہو کو سرد کر دے۔ اس نے ہاتھ اندر ڈال کر انگلی سے بائیں جوتے کو دبایا، جہاں جوتے کو فیشن ایبل بنانے کے لیے غیر ضروری کاریگری کی گئی تھی۔ مگر وہاں وہ جوتا کاٹتا تھا۔

"یہاں، یہ آپ کو کاٹتا ہے نا؟" اس نے پوچھا، "یہ جو بڑی کمپنیاں ہیں انھیں عزت کا پاس نہیں ہوتا۔" پھر جیسے اس کے دماغ میں کچھ بیٹھ گیا ہو، وہ زور زور سے کڑواہٹ بھرے لہجے میں بولنے لگا۔ یہ پہلی مرتبہ تھا، جب میں نے اسے اپنے پیشے سے پیدا ہونے والے ناگفتہ با حالات اور دقتوں کے بارے میں کچھ کہتے ہوئے سنا۔ "انھیں سب کچھ حاصل ہو جاتا ہے۔" اس نے کہا، "وہ کام کے بوتے پر نہیں، بلکہ اشتہار کے بوتے پر سب کچھ حاصل کر لیتے ہیں۔ وہ ہمارے گاہک چھین لیتے ہیں۔ یہی وجہ ہے کہ آج میرے پاس کام نہیں ہے۔" اس کی جھریوں سے بھرے چہرے پر میں نے وہ سب دیکھا جو کبھی نہیں دیکھا تھا۔ بے انتہا تکلیف، کڑواہٹ اور جدوجہد۔ اچانک اس کی سرخ مائل داڑھی میں سفیدی لہرانے لگی تھی۔

اپنی جانب سے میں اتنا کر سکتا تھا کہ اسے حالات روشناس کراتا۔ جس کی بنا پر میں اس گھٹیا جوتوں کو خریدنے پر مجبور ہو گیا تھا۔ مگر ان چند لمحات میں اس کے چہرے اور آواز نے مجھے اس قدر متاثر کیا کہ میں نے کئی جوڑی جوتوں کے بنانے کا آرڈر دے دیا اور اس کے بعد یہ تو ہونا ہی تھا۔ وہ جوتے گھسنے کا نام ہی نہیں لیتے تھے۔ تقریباً دو برس تک میں وہاں نہ جا سکا۔

آخر جب میں گیا تو یہ دیکھ کر بڑا تعجب ہوا کہ اس کی دکان کی دو چھوٹی کھڑکیوں میں سے ایک کھڑکی کے باہر کسی دوسرے کے نام کا بورڈ آویزاں ہو گیا تھا۔ وہ بھی جوتے بنانے والا ہی تھا۔ شاہی خاندان کے جوتے۔ اب صرف ایک کھڑکی پر وہی جانے پہچانے

جوتے رکھے ہوئے تھے۔ وہ الگ سے نہیں لگ رہے تھے۔ اندر بھی، دکان کی وہ کنوئیں نما کوٹھری پہلے کی بہ نسبت زیادہ تاریک اور بو سے اٹی ہوئی لگ رہی تھی۔ اس بار ہمیشہ سے کچھ زیادہ ہی وقت لگا۔ کافی دیر بعد وہی چہرہ نیچے جھانکتا ہوا دکھائی دیا۔ پھر چپلوں اور قدموں کی آواز گونجنے لگی۔ آخر وہ میرے روبرو تھا، زنگ آلود ٹوٹے پرانے چشمے میں سے جھانکتا ہوا۔ اس نے پوچھا۔" آپ مسٹر۔۔۔۔۔۔۔۔۔ ہیں نا؟"

"ہاں مسٹر گیسلر۔" میں نے کچھ ہچکچاتے ہوئے کہا،" کیا بتلاؤں، آپ کے جوتے اتنے اچھے ہیں کہ گھستے ہی نہیں۔ دیکھیے یہ جوتے بھی ابھی تک چل رہے ہیں۔" اور میں نے اپنا پیر آگے بڑھا دیا۔ اس نے انھیں دیکھا۔

"ہاں۔" وہ بول اٹھا۔" مگر لگتا ہے لوگوں کو اب مضبوط جوتوں کی ضرورت نہیں رہی۔"

اس کی طنز بھری نظروں اور آواز سے نجات پانے کے لیے میں نے فوراً کہا،" یہ تم نے اپنی دکان کو کیا کر ڈالا ہے؟"۔ اس نے اطمینان سے کہا،" بہت مہنگا پڑ رہا تھا۔ کیا آپ کو جوتے چاہیے؟"

میں نے تین جوڑی جوتوں کا آرڈر دیا۔ حالانکہ مجھے ضرورت صرف دو جوڑی جوتوں کی ہی تھی اور جلدی سے میں وہاں سے باہر نکل آیا۔ نہ جانے کیوں مجھے لگا کہ اس کے ذہن میں کہیں یہ بات ہے کہ اسے یا سچ کہیں تو اس کے جوتوں سے متعلق جو سازش رچی جارہی ہے اس میں میں بھی شامل ہوں۔ یوں بھی کوئی ان چیزوں کی اتنی پروا نہیں کرتا۔ مگر پھر ایسا ہوا کہ میں کئی مہینوں تک وہاں نہیں گیا۔ جب میں وہاں گیا تو میرے ذہن میں بس یہی خیال تھا، اوہ! میں بھلا اس بوڑھے کو کیسے چھوڑ سکتا ہوں۔ شاید اس بار اس کے بڑے بھائی سے سامنا ہو جائے۔

میں جانتا تھا کہ اس کا بڑا بھائی تیکھے لہجے میں یا نفرت آمیز لہجے میں بات نہیں کر سکتا۔

واقعی دکان میں جب مجھے بڑے بھائی کی شبیہہ دکھائی دی تو میں نے راحت محسوس کی۔ وہ چمڑے کے ایک ٹکڑے پر کام کر رہا تھا۔

"ہیلو مسٹر گیسلر کیسے ہیں آپ؟" میں نے پوچھا۔ وہ اٹھا اور غور سے مجھے دیکھنے لگا۔

"میں ٹھیک ہوں۔" اس نے آہستگی سے کہا، "مگر میرے بڑے بھائی کا انتقال ہو گیا۔"

تب میں نے دیکھا کہ یہ تو وہ خود تھا۔ کتنا بوڑھا اور کمزور ہو گیا تھا۔ اس سے پہلے میں نے کبھی اسے اپنے بڑے بھائی کا ذکر کرتے ہوئے نہیں سنا تھا۔ مجھے بڑا دکھ ہوا۔ میں نے آہستہ سے کہا، "یہ تو بہت ہی برا ہوا۔"

"ہاں۔" وہ بولا، "وہ نیک دل انسان تھا، اچھے جوتے بناتا تھا، مگر اب وہ نہیں رہا۔" پھر اس نے اپنے سر پر ہاتھ رکھا، جہاں سے اچانک اس کے بہت زیادہ بال جھڑ گئے تھے۔ اس کے بدقسمت بھائی کی طرح۔ مجھے محسوس ہوا شاید وہ اس طرح اپنے بھائی کی موت کا سبب بتا رہا تھا۔ "بھائی اس دوسری دکان کو کھو دینے کا غم برداشت نہیں کر پایا۔ خیر، کیا آپ کو جوتے چاہیے؟" اس نے ہاتھ میں پکڑا ہوا چمڑہ اٹھا کر دکھایا۔ "یہ بہت خوبصورت ٹکڑا ہے!"

میں نے کئی جوتوں کا آرڈر دیا۔ بہت دنوں بعد مجھے وہ جوتے ملے جو بے حد شاندار تھے۔ انھیں بڑے سلیقے سے پہنا جا سکتا تھا۔ اس کے بعد میں بیرون ملک چلا گیا۔

لوٹ کر لندن آنے میں ایک برس سے بھی زیادہ وقت گزر گیا۔ لوٹنے کے بعد سب سے پہلے میں اپنے اسی بوڑھے دوست کی دکان پر گیا۔ میں جب گیا تھا وہ ساٹھ برس

کا تھا۔ اب جسے میں دیکھ رہا تھا وہ پچھتر سے بھی زیادہ کا دکھائی دے رہا تھا۔ بھوک سے بے حال، تھکا ماندا، خوفزدہ اور اس بار واقعی اس نے مجھے نہیں پہچانا۔

"اور مسٹر گیسلر۔" میں نے کہا۔ دل ہی دل میں دکھی تھا، "تمھارے جوتے تو واقعی کمال کے ہیں! دیکھو، میں بیرونِ ملک یہی جوتے پہنتا رہا اور اب بھی یہ اچھی حالت میں ہیں۔ ذرا بھی خراب نہیں ہوئے ہیں، ہیں نا؟"

بڑی دیر تک وہ جوتوں کو دیکھتا رہا۔ روسی چمڑے سے بنے ہوئے جوتے۔ اس کے چہرے پر ایک چمک سی لوٹ آئی۔ اپنا ہاتھ جوتے کے اوپری حصے میں ڈالتے ہوئے وہ بولا۔ "کیا یہاں سے کاٹتے ہیں؟ مجھے یاد ہے ان جوتوں کو بنانے میں مجھے کافی پریشانی ہوئی تھی۔"

میں نے اسے یقین دلایا کہ وہ ہر طرح سے بہترین ہیں۔ ذرا بھی تکلیف نہیں دیتے۔

"کیا آپ کو جوتے بنوانے ہیں؟" اس نے پوچھا، میں جلد ہی بنا کر دوں گا، یوں بھی مندی کا دور چل رہا ہے۔"

"میں بالکل نئے ماڈل کے جوتے بناؤں گا۔ آپ کے پیر تھوڑے بڑے ہو گئے۔" اور آہستگی سے اس نے میرے پاؤں کو ٹٹولا اور انگوٹھے کو محسوس کیا۔ اس دوران صرف ایک بار اوپر دیکھ کر وہ بولا، "کیا میں نے آپ کو بتایا کہ میرے بھائی کا انتقال ہو گیا ہے؟"

اسے دیکھنا بڑا تکلیف دہ تھا، وہ بہت کمزور ہو گیا تھا، باہر آ کر میں نے راحت محسوس کی۔

میں ان جوتوں کی بات بھول ہی چکا تھا کہ ایک شام اچانک وہ آ پہنچے۔ جب میں نے پارسل کھولا تو ایک کے بعد ایک چار جوڑی جوتے نکلے۔ بناوٹ، آکار، چمڑے کی کوالیٹی اور فٹنگ ہر لحاظ سے اب تک بنائے گئے جوتوں سے بہتر اور لاجواب۔ عام موقع پر پہنے

جانے والے جوتے میں مجھے اس کا بل ملا۔ اس نے ہمیشہ کی طرح ہی دام لگایا تھا۔ مگر مجھے تھوڑا دھکا لگا۔ کیوں کہ وہ کبھی تین ماہ کی آخری تاریخ سے قبل بل نہیں بھیجتا تھا۔ میں دوڑتے ہوئے نیچے گیا، چیک بنایا اور فوراً پوسٹ کر دیا۔

ایک ہفتے بعد میں اس راستے سے گزر رہا تھا تو سوچا کہ اسے جاکر بتاؤں کہ اس کے جوتے کتنے شاندار اور بہترین ناپ کے بنے ہیں۔ مگر جب میں وہاں پہنچا جہاں اس کی دکان تھی تو اس کا نام غائب تھا۔ کھڑکی پر اب بھی وہی سلیقہ دار پمپ شو رکھے ہوئے تھے۔ اصل چمڑے کے اور کپڑے کی اوپری تہہ والے۔

بے چین ہو کر میں اندر گیا، دونوں دکانوں کو ملا کر دوبارہ ایک دکان کر دی گئی تھی۔ ایک انگریز نوجوان ملا۔ "مسٹر گیسلر اندر ہیں؟" میں نے پوچھا۔ اس نے مجھے عجیب نظروں سے دیکھا۔

"نہیں سر۔" وہ بولا، "نہیں، مسٹر گیسلر نہیں ہیں۔ مگر ہم ہر طرح سے آپ کی خدمت کر سکتے ہیں، یہ دکان ہم نے خرید لی ہے، آپ نے باہر ہمارا بورڈ دیکھا ہو گا۔ ہم نامی گرامی لوگوں کے لیے جوتے بناتے ہیں۔"

"ہاں، ہاں۔" میں نے کہا، "مگر مسٹر گیسلر؟"

"اوہ!" وہ بولا، "ان کا انتقال ہو گیا۔"

"کیا، انتقال ہو گیا؟ مگر انھوں نے مجھے پچھلے ہفتے ہی تو یہ جوتے بھیجے تھے۔"

"اوہ! بے چارہ بوڑھا، بھوک سے ہی مر گیا۔" اس نے کہا۔ "بھوک سے آہستہ آہستہ موت، ڈاکٹر یہی کہتے ہیں! آپ جانتے ہیں وہ دن رات بھوکا رہتا تھا اور کام کرتا تھا۔ اپنے علاوہ کسی کو بھی جوتوں پر ہاتھ لگانے نہیں دیتا تھا۔ جب اسے آرڈر ملتا تو اسے پورا کرنے میں رات دن ایک کر دیتا۔ اب لوگ بھلا کیوں انتظار کرنے لگے۔ اس کے سبھی

گاہک چھوٹ گئے تھے۔ وہ وہاں بیٹھا لگاتار کام کرتا رہتا۔ وہ کہتا کہ پورے لندن میں اس سے بہتر جوتے کوئی نہیں بناتا۔ اس کے پاس بہترین چمڑا تھا مگر وہ اکیلا ہی سارا کام کرتا تھا۔ خیر! چھوڑیئے اس طرح کے آدرش میں کیا رکھا ہے۔"

"مگر بھوک سے مر جانا؟"

"یہ بات عجیب سی لگتی ہے مگر میں جانتا ہوں دن رات اپنی آخری سانس تک وہ جوتوں پر لگا رہا۔ انھیں دیکھتا رہتا۔ اسے کھانے پینے کا بھی ہوش نہیں رہتا تھا۔ جیب میں پھوٹی کوڑی تک نہیں تھی۔ سب کچھ گروی رکھ دیا تھا۔ مگر اس نے چمڑا نہیں چھوڑا۔ نہ جانے کس طرح وہ اتنے دن زندہ رہا۔ وہ مسلسل فاقے کرتا رہا۔ وہ ایک عجیب انسان تھا، مگر ہاں، وہ جوتے بہت عمدہ بناتا تھا۔"

"ہاں۔" میں نے کہا، "وہ عمدہ جوتے بناتا تھا۔"

Ref.: urduchannel.in

***

کوچۂ بدنام کی مسجد

نجیب محفوظ / شمس الرب

عصر کے درس کا وقت قریب ہو چلا تھا، لیکن مسجد میں صرف ایک ہی سامع تھا۔ امامِ مسجد شیخ عبد ربہ کے لیے یہ کوئی نئی بات نہیں تھی۔ وہ جب سے اس مسجد میں آئے تھے، صرف ایک ہی سامع ان کے درس میں حاضر ہوتا تھا۔ یہ سامع چچا حسنین تھے جو گنے کا جوس بیچتے تھے۔ مسجد کے مؤذن اور خادم بھی درس میں شامل ہو جاتے تھے تاکہ درس کا احترام برقرار رہے اور امام صاحب کی دلجوئی بھی ہو جائے۔ شیخ عبد ربہ کو بجا طور پر یہ اچھا نہیں لگتا تھا، لیکن وقت گزرنے کے ساتھ وہ اس کے عادی ہو گئے تھے۔ وہ دن ان کی زندگی کا بدبخت ترین دن تھا جب ان کی منتقلی کوچۂ بدنام کی اس مسجد میں طے پائی تھی۔ اس دن وہ سخت غضبناک ہوئے تھے اور اس منتقلی کو رکوانے یا تبدیل کرانے کی پوری کوشش کی تھی۔ لیکن آخر کار مجبوراً انہیں یہ منتقلی تسلیم کرنی پڑی۔ رقیبوں نے کھِلّی اڑائی، تو دوستوں نے مزا لیا۔ اسے اپنے درس کے لیے سامع کہاں ملیں گے؟ مسجد دو اڈوں کے سنگم پر واقع تھی۔ ایک طرف طوائفوں کا کوٹھا تھا، تو دوسری طرف دلالوں اور نشیڑیوں کا جمگھٹا۔ ایسا لگتا تھا کہ پورے محلے میں سوائے چچا حسنین کے کوئی بھی نیک یا سنجیدہ آدمی نہیں تھا۔ ان کی نظر جب بھی اِس کوٹھے یا اُس اڈے پر پڑتی تو وہ سہم سے جاتے۔ گویا کہ انہیں ڈر تھا کہ کہیں شرم وحیا باختگی کے جراثیم ان کے سانس لینے کے

ساتھ ہی ان کے سینے میں نہ گھس جائیں۔ اس کے باوجود، وہ پابندی کے ساتھ درس دیتے رہے اور چچا حسنین پابندی کے ساتھ درس سننے آتے رہے، یہاں تک کہ امام صاحب نے ایک دن چچا حسنین کی حوصلہ افزائی کرتے ہوئے کہا:

اتنی محنت کر رہے ہیں آپ! اتنی محنت کے ساتھ تو آپ جلد ہی خود امام و مرجع بن جائیں گے!

بوڑھے چچا شرما کر ہنسے اور بولے!

اللہ کے علم کی کوئی حد نہیں ہے۔۔

آج کا درس نفس کی پاکیزگی پر تھا۔ امام صاحب کہہ رہے تھے کہ نفس کی پاکیزگی پر ہی اخلاص کی بنیاد ہے، یہ لوگوں کے درمیان اچھے برتاؤ اور تعلقات کی ضامن ہے، یہ سب سے اچھی چیز ہے جس کے ذریعہ انسان اپنے دن کی شروعات کرتا ہے، چچا حسنین نے اپنی عادت کے مطابق کمال توجہ کے ساتھ درس سنا۔ وہ بہت کم ہی سوال کرتے تھے، صرف کبھی کبھی کسی آیت کے معنی اور کسی فریضہ کے بارے میں پوچھ لیا کرتے تھے۔

سنگینیٔ اتفاق دیکھو کہ عصر کے وقت ہی کوٹھے میں چھل پہل شروع ہو جاتی تھی۔ پورا کوٹھا مسجد کے سامنے والی کھڑکی سے دکھائی دیتا تھا، ایک تنگ پٹی کی شکل میں، کہیں کہیں ٹیڑھا میڑھا تھا، لیکن دور تک چلا گیا تھا، اس کے دونوں کناروں پر بوسیدہ گھروں اور قہوہ خانوں کے دروازے تھے۔ ایک عجیب قسم کا شہوت انگیز منظر تھا۔

عصر کے وقت، کوٹھے میں تیاری کی لہر دوڑ جاتی ہے، ایسا لگتا کہ کوٹھا ابھی نیند سے بیدار ہو کر چلنا ہی چاہتا ہے۔ زمین پر پانی کا چھڑکاؤ ہوتا ہے، دروازے کھول دئے جاتے ہیں اور ان پر عجیب و غریب قسم کے دستک دئے جاتے ہیں۔ قہوہ خانوں کی کرسیاں ترتیب سے لگادی جاتی ہیں، کھڑکیوں میں عورتیں بن سنور کر کھڑی ہو جاتی ہیں اور بات

چیت کرتی ہیں۔ فضا میں حیا سوز ہنسی گونج جاتی ہے، راہداری میں خوشبو جلادی جاتی ہے، اسی دوران کسی عورت کے رونے کی آواز سنائی دیتی ہے، لیکن بائی فوراً ہی اسے چپ کراتی ہے مبادامرنے والی کے ساتھ ان کی روزی بھی نہ چلی جائے۔

ایک دوسری عورت ہسٹیریائی انداز میں ہنستی ہے اپنی اس سہیلی کو یاد کر کے جو اس کے بغل میں بیٹھے بیٹھے ہی مر گئی تھی۔

فحش اور سوقیانہ گانوں کی مشق کرتی ہوئی کچھ آوازیں سنائی دیتی ہیں، کوٹھے کے آخری حصہ میں چہل پہل شروع ہوتی ہے، جو کرسیاں ترتیب دینے کے ساتھ ختم ہوتی ہے۔ کوٹھے کی مالکن نکلتی ہے اور پہلے گھر کے دروازے کے سامنے بیٹھ جاتی ہے، پہلا فانوس جلادیا جاتا ہے اور سب جان لیتے ہیں کہ عنقریب ہی کوٹھا آباد ہو جائے گا۔

ایک دن شیخ عبدہ کو کال آیا، انہیں مذہبی امور کے نگرانِ اعلی سے ملاقات کے لیے بلایا گیا تھا، ان سے یہ بھی کہا گیا کہ تمام اماموں کو بلایا گیا ہے۔ یہ کوئی انہونی بات نہیں تھی ،خاص طور پر موجودہ حالات کو دیکھ کر تو یہ بالکل بھی کوئی انہونی بات نہیں تھی۔ اس کے باوجود شیخ عبدہ فکر مند ہو گئے اور لوگوں سے اس بلاوے کے اسباب کے تعلق سے پوچھ تاچھ کی۔ نگرانِ اعلی کی با اثر شخصیت دیکھتے ہوئے ان کا پوچھ تاچھ کرنا بجا تھا۔ یہ نگرانِ اعلی ایک بہت بڑے عہدیدار کا قریبی تھا، یہ عہدیدار لوگوں کے درمیان بری شہرت کا مالک تھا، اس کی پہچان ایک ایسے عہدیدار کے طور پر تھی جو کنگ میکر کی حیثیت رکھتا تھا اور تمام قومی مقدسات کے ساتھ کھلواڑ کرتا تھا۔ عنقریب ہی وہ سب ہی اس کے سامنے بربادی کے نمائندوں کے طور پر کھڑے ہوں گے اور ادنی سی لغزش سرزد ہوتے ہی غصہ کی آندھی انہیں لے اڑے گی۔

بہرحال شیخ نے بسم اللہ کیا اور بہترین انداز میں میٹنگ کے لیے تیار ہوئے۔ کالے

رنگ کا جبہ زیب تن کیا، نیا سا کاخان پہنا، عمامہ سر پر رکھا اور اللہ پر بھروسہ کر کے چل نکلے۔ نگرانِ اعلی کے دفتر کے سامنے شدید ازدحام تھا، شیخ عبدہ کے مطابق بالکل حشر کے دن جیسی بھیڑ تھی۔ تمام امام میٹنگ کے تعلق سے چہ میگوئیاں کر رہے تھے۔ اسی دوران بڑا دروازہ کھلا اور انہیں داخل ہونے کو کہا گیا۔ سب امام فوراً ہی کشادہ کمرہ میں داخل ہوئے یہاں تک کہ کمرہ کھچا کھچ بھر گیا۔ نگرانِ اعلی ان کی جانب پر وقار اور بارعب لہجہ میں متوجہ ہوا۔ کچھ اماموں نے اس کی تعریف میں مدحیہ شاعری کہی جسے اس نے ایسے سنا جیسے کہ وہ اسے پسند نہ ہوں، اس دوران اس کے ہونٹوں پر ایک پراسرار مسکراہٹ دراز تھی۔ پھر سناٹا چھا گیا، اس نے حاضرین پر ایک نگاہ دوڑائی اور انہیں مختصر سا سلام کیا۔ اس نے یہ بھی کہا کہ اسے یقین ہے کہ وہ اس کی امیدوں پر کھرا اتریں گے، پھر اس نے اپنے سر کے اوپر لٹکی ہوئی تصویر کی جانب اشارہ کر کے کہا:

اِن کے اور اِن کے خاندان کے تئیں ہمارا فرض ہی اس میٹنگ کا سبب ہے۔

بہت سارے حاضرین کی پیشانیاں شکن آلود ہو گئیں۔ نگرانِ اعلی کی نگاہیں بدستور ان کے چہرے پر مرکوز تھیں، اس نے کہا:

آپ لوگ اِن کے ساتھ جس مضبوط رشتہ سے بندھے ہوئے ہیں، اسے کہنے کی ضرورت نہیں ہے، آپسی محبت کی ایک تاریخ رہی ہے۔

دل کی سوزش کم کرنے کے لیے لوگوں نے خوش مزاجی کے ساتھ تائید کی۔۔ اس نے مزید کہا:

یہ حالیہ بحران جس سے ملک دوچار ہے، آپ لوگوں سے پرخلوص عمل کا تقاضا کرتا ہے۔

دلوں کے نہاں خانوں میں اضطراب بڑھ گیا:

لوگوں کو حقائق سے آگاہ کریں ! دجالوں اور شر انگیزوں کو بے نقاب کر دیں تاکہ حقدار کا حق پختہ ہو جائے۔

نگرانِ اعلی اپنی نشست سے اٹھ کھڑا ہوا اور ٹہلتے ہوئے پوچھا کہ کوئی سوال ہے ؟ موجودین پر خاموشی طاری ہو گئی یہاں تک کہ ایک بے خوف امام کھڑا ہوا اور کہا کہ جناب نگرانِ اعلی نے ہمارے دل کی بات کہہ دی ہے ، اگر ہدایات کی خلاف ورزی کا خوف نہ ہوتا تو وہ خود ہی بڑھ کر یہ فرض نبھاتے۔ نگرانِ اعلی کے بات شروع کرتے ہی شیخ عبد ربہ کی پریشانی ختم ہو گئی تھی انہیں فوراً ہی معلوم ہو گیا تھا کہ انہیں کسی قسم کے محاسبہ یا تفتیش کے لیے نہیں بلایا گیا ہے بلکہ اس مرتبہ حکومت ان کی تائید حاصل کرنے کی کوشاں ہے۔کسے معلوم ہے، ہو سکتا ہے کہ اس کے بعد ان کی حالت کی بہتری کے لیے اقدامات کئے جائیں اور ان کی تنخواہوں اور بھتوں میں اضافہ کیا جائے۔ لیکن جلد ہی وہ پھر پریشان ہو گئے جیسے صاف ستھرے ریتیلے ساحل پر پھیلی ہوئی موج تھوڑی دیر بعد ہی جھاگ میں تبدیل ہو جاتی ہے۔انہیں بخوبی پتہ چل گیا تھا کہ حکومت ان سے کیا چاہتی ہے ؟

عنقریب ہی انہیں جمعہ کے خطبہ میں وہ سب کہنا پڑے گا جو ان کے ضمیر کے خلاف اور لوگوں کی شدید ناراضگی کا باعث ہو گا۔انہیں اس بات میں کوئی شک نہیں تھا کہ انہیں جیسے بہت سے ہیں جو ان کے جذبات میں ساجھی ہیں اور اسی بحران کے شکار ہیں۔ لیکن ایسا لگتا تھا کہ سب کے لیے بات ماننے کے سوا کوئی چارہ نہیں تھا۔ وہ نئے فکر میں غلطاں و پیچاں مسجد لوٹ آئے۔

علاقہ کا مشہور غنڈہ شلضم اپنے گینگ کے ساتھ مسجد سے کچھ ہی دوری پر واقع شراب خانہ " اھلا وسھلا" میں بیٹھا ہوا تھا، وہ انتہائی غضبناک تھا اور شراب کے ہر پیگ کے ساتھ اس کا غصہ مزید بھڑک جاتا۔ وہ گرجدار آواز میں بولا:

یہ پاگل لڑکی "نبویۃ" اس حسان نامی لونڈے سے محبت کرتی ہے، مجھے اس میں کوئی شک نہیں ہے۔

ایک ساتھی نے اس کا غصہ ٹھنڈا کرنے کے لیے کہا:

ہو سکتا ہے کہ صرف گاہک ہو، صرف گاہک نہ کم، نہ زیادہ!

شلضم نے اپنا فولادی ہاتھ میز پر پٹخا، میز پر رکھے ہوئے برتن اور مونگ پھلی کے ٹکڑے اِدھر اُدھر بکھر گئے، وہ وحشتناک آواز میں چیخا:

نہیں۔۔ وہ لیتا ہے، دیتا کچھ نہیں ہے۔ میں جانتا ہوں، میں یہ بھی جانتا ہوں کہ میرا خنجر ہی اس کا کام تمام کرے گا، وہ پھوٹی کوڑی بھی نہیں دیتا لیکن مختلف شکلوں میں خوب تحفے وصول کرتا ہے!

چہروں پر نفرت و حقارت چھاگئی، خمار آلود نگاہوں نے تابعداری کا اعلان کیا، وہ بولا:

وہ لونڈا عموماً اس وقت آتا ہے جب وہ ناگن ناچتی ہے، اس کے آنے کا انتظار کرو، پھر کسی طرح بھڑ جاؤ، باقی لوگ۔۔۔

انہوں نے باقی ماندہ پیگ چڑھایا، ان کی آنکھوں سے انکے برے ارادے منعکس ہو رہے تھے۔

نمازِ عشاء کے بعد، شیخ عبد ربہ نے اپنے دو ہم جماعت اماموں سے ملاقات کی، ایک کا نام خالد اور دوسرے کا نام مبارک تھا۔ وہ دونوں اس کے پہلو میں منہ لٹکائے ہوئے بیٹھے تھے۔ انہوں نے کہا کہ کچھ اماموں کو نوکری سے نکال دیا گیا ہے کیونکہ انہوں نے اس پروپیگنڈہ کا حصہ بننے سے منع کر دیا تھا۔ خالد نے شکایت بھرے انداز میں کہا:

عبادت گاہیں سیاسی دھینگامشتیوں اور ڈکٹیٹروں کی تائید کے لیے نہیں بنائی گئی ہیں!

شیخ عبدربہ کو لگا کہ ان کا دوست ان کے زخم پر نمک چھڑک رہا ہے اور انہوں نے سوال کیا:

کیا بھوکے مرنا چاہتے ہو؟

ایک بوجھل سناٹا پسر گیا شیخ نے اپنی شکست تسلیم کرنے سے انکار کر دیا اور ان دونوں کے سامنے اپنی ناک بچانے کے لیے یہ ظاہر کیا کہ وہ اطمینان کے ساتھ یہ کام کریں گے، وہ گویا ہوئے:

جسے کچھ لوگ دھینگا مشتی سمجھتے ہیں، ہو سکتا ہے کہ وہی عین حق ہو۔

شیخ کو گرگٹ کی طرح رنگ بدلتے دیکھ کر خالد دنگ رہ گیا اور بات چیت کرنے سے کترانے لگا، رہا مبارک، تو اس نے غصہ کے ساتھ کہا:

ہم ایک اسلامی اصول کو قتل کر دیں گے، جس کا نام امر بالمعروف والنھی عن المنکر ہے۔

عبدربہ اس پر غصہ ہو گئے، وہ اندر ہی اندر اپنے ضمیر پر بھی غصہ تھے جو انہیں اذیتیں دے رہا تھا۔ وہ بولے:

بلکہ ہم ایک اسلامی اصول کو زندہ کریں گے جس کا نام ہے۔ اللہ، اس کے رسول اور اُولی الأمر کی اطاعت کی دعوت دینا۔

مبارک نے اس پر سخت نفرت بھرے انداز میں سوال کیا:

کیا تم اِنہیں اُولی الأمر سمجھتے ہو؟!

عبدربہ نے چیلنج بھرے انداز میں اسی سے سوال کیا:

یہ بتا خطبہ دینے سے انکار کر دے گا؟

مبارک ناراض ہو کر اٹھ کھڑا ہوا، پھر وہاں سے چلا گیا، تھوڑی دیر میں خالد بھی

وہاں سے چلا گیا۔ شیخ نے دونوں کو کوسا اور بغاوت پر آمادہ اپنے دل کو بھی برا بھلا کہا۔

آدھی رات سے تھوڑا پہلے، داہنی طرف سے ساتویں کوٹھے کا صحن نشیڑیوں سے بھر گیا۔ وہ ایک ریتیلی زمین کے ارد گرد دائرہ کی شکل میں لگی لکڑی کی کرسیوں پر بیٹھ گئے۔ اس ریتیلی زمین پر روشنی کا فوکس تھا۔ نبویۃ گلابی رنگ کا سلیپنگ ڈریس پہنے ناچ رہی تھی۔ تالیاں بج رہی تھیں، خمار آلود زبانوں سے وحشیانہ چیخیں بلند ہو رہی تھیں اور شلضم کی نگاہیں کوٹھے کے دروازے پر مرکوز تھیں۔ اچانک حسان ترتیب سے سنوارے ہوئے بالوں اور دمکتے چہرے کے ساتھ داخل ہوا۔ شلضم کی دہکتی نگاہوں نے اس کا تعاقب کیا۔ حسان کھڑا نبویۃ کو دیکھتا رہا یہاں تک کہ اس کو اس کی آمد کا پتہ چل گیا۔ نبویۃ نے دراز مسکراہٹ، رقص کناں پیٹ کی الھڑ حرکت اور آنکھوں کے اشارے سے اپنے محبوب کو خوش آمدید کہا۔

حسان اکڑ کر آگے بڑھتا ہے اور ایک خالی کرسی پر بیٹھ جاتا ہے۔ شلضم کا خون کھول اٹھتا ہے اور وہ سیٹی کی ہلکی سی آواز نکالتا ہے۔ اس کے گینگ کے دو لڑکے آپس ہی میں بِھڑ جاتے ہیں، دوسرے لوگ بیچ بچاؤ کے لیے آتے ہیں، لڑائی مزید سخت ہو جاتی ہے یہاں تک کہ نشہ میں دھت لوگ دروازے کی طرف بھاگنے لگتے ہیں ایک کرسی فانوس پر آکر لگتی ہے، فانوس ٹوٹ جاتا ہے اور چاروں طرف سخت تاریکی پھیل جاتی ہے۔ پیروں کی دھمک کے ساتھ چیخ کی آواز خلط ملط ہو جاتی ہے۔ آوازیں بلند ہو جاتی ہیں، کسی عورت کی چیخ فضا میں بلند ہوتی ہے، اس کے فوراً بعد کوئی آدمی بری طرح کراہتا ہے۔ جلد ہی غبار آلود صحن لوگوں سے خالی ہو جاتا ہے، وہاں باقی بچتی ہیں تو دو لاشیں جو پڑی پڑی خاموش تاریکی کو آباد کیے ہوتی ہیں۔

اگلا دن جمعہ کا تھا۔ نماز کے وقت دیگر دنوں کے برعکس مسجد نمازیوں سے بھر گئی،

کیونکہ جمعہ کی نماز کے لیے دور دراز علاقوں جیسے خازندار اور عتبۃ سے بھی لوگ آتے تھے۔ قرآن کی تلاوت کی گئی، پھر شیخ عبد ربہ خطبہ دینے کے لیے کھڑے ہوئے، ایسا لگا کہ سیاسی خطبہ سن کر نمازیوں کو دھچکا لگا، انہیں اندازہ ہی نہیں تھا کہ انہیں یہ سب سننے کو مل سکتا ہے، اطاعت اور وفاداری کے وجوب پر مقفع مسجع عبارتیں سن کر وہ شک اور شدید غضب کے شکار ہو گئے۔ جیسے ہی خطبہ میں ان لوگوں کو برا بھلا کہا گیا "جو قوم کو دھوکہ دیتے ہیں اور اپنے ذاتی مفادات کے لیے لوگوں کو بغاوت پر ابھارتے ہیں"، مسجد میں واویلا مچ گیا، چاروں طرف احتجاج وناراضگی کی صدا بلند ہوئی، کچھ لوگوں نے باآواز بلند اعتراض کیا، کچھ دوسرے لوگوں نے امام کو گالیاں دیں، اسی وقت نمازیوں کے درمیان موجود جاسوس اٹھے اور احتجاج وغصہ کے طوفانی شور وشرابہ کے درمیان بہت زیادہ مخالفت کرنے والوں کو کھینچ کر باہر لے گئے۔

بہت سے لوگ مسجد چھوڑ کر چلے گئے۔ لیکن امام نے باقی لوگوں کو نماز کے لیے بلایا، بڑی غمناک اور رنجور نماز تھی۔

اسی دوران، بائیں جانب سے دوسرے کوٹھے کے ایک کمرہ میں ایک طوائف اور ایک گاہک موجود تھے، طوائف بیڈ کے کنارے نیم برہنہ بیٹھی ہوئی تھی۔ اس کے ہاتھ میں ایک پیالہ تھا جو آدھا پانی سے بھرا ہوا تھا اور اس میں کھیرا تھا، وہ وہی کھیرا کھا رہی تھی۔ بستر کے سامنے ایک کرسی پر گاہک بیٹھا ہوا تھا، وہ اپنی جیکٹ نکال رہا تھا اور برانڈی کی چسکیاں لے رہا تھا۔ اس کی نگاہوں نے سرسری طور پر کمرے کا جائزہ لیا، پھر آکر طوائف پر ٹھہر گئیں، اس نے جام اس کے ہونٹوں سے قریب کیا، اس نے ایک گھونٹ پی، اس نے جام پھر اس کے ہونٹوں سے لگایا، مسجد سے آنے والی تلاوت کی آواز ان کے کانوں پر پڑی، اس کے ہونٹوں پر ایک ہلکی نادیدہ مسکراہٹ مرتسم ہوگئی، اس نے اس کی

طرف دیکھا اور غصہ سے بڑبڑایا:

یہ لوگ اس جگہ مسجد کیوں بناتے ہیں؟ پوری دنیا میں انہیں کوئی اور جگہ نہیں ملی؟

طوائف نے بغیر کھیرا کھانا بند کئے ہوئے کہا:

یہ جگہ بھی دوسری جگہوں کی طرح ہی ہے۔

اس نے دو پیگ چڑھائی اور تیز نگاہوں سے اس کے چہرہ کو ٹٹولتے ہوئے کہا:

کیا تو اللہ سے نہیں ڈرتی؟

ہمارا رب ہمیں معاف کر دے گا۔۔۔

اس کے حلق سے ایک طوفانی قہقہہ بلند ہوا، اس نے کھیرا طوائف کے ہاتھوں سے لے کر اپنے منہ میں ٹھونس لیا، اس لمحہ امام عبد ربہ اپنا خطبہ دے رہے تھے، وہ سر جھکائے ان کی باتیں سنتا رہا، پھر استہزائیہ انداز میں مسکرا کر بولا:

منافق!۔۔ سنو تو یہ منافق کیا کہہ رہا ہے!

اس نے اپنی نگاہیں کمرہ میں دوڑائیں۔ اس کی نظر سعد زغلول کی ایک تصویر پر آکر رک گئی جو پرانی ہونے کی وجہ سے دھندلا گئی تھی، اس نے تصویر کی جانب اشارہ کرتے ہوئے پوچھا:

انہیں پہچانتی ہو؟

انہیں کون نہیں پہچانے گا؟

اس نے جام میں بچی کھچی شراب اپنے پیٹ میں انڈیل لی اور بوجھل زبان میں کہا:

طوائف محب وطن اور شیخ منافق!

اس نے کراہتے ہوئے کہا:

ہائے رے قسمت! وہ دو لفظ بول کر خزانہ لوٹ لیتا ہے اور ہمیں دو آنہ اس وقت

تک نہیں ملتا جب تک کہ ہم اپنے پورے جسم کا پسینہ نہ بہادیں۔۔

اس نے مزید چٹکی لیتے ہوئے کہا:

یہاں بہت سے عزت دار لوگ ہیں جو تمہاری اس بات سے ذرہ برابر بھی اختلاف نہیں رکھتے، لیکن ایسا کہنے کی ہمت کون جٹائے ؟

نبویۃ کے قاتل کے بارے میں سب کو معلوم ہے، لیکن اس کے خلاف گواہی دینے کی ہمت کون جٹائے ؟

اس نے اپنا سر افسوس کے ساتھ ہلایا اور بولا:

نبویۃ!۔۔۔بیچاری!۔۔۔اس کا قاتل کون ہے ؟

شلضم، اللہ اسے واصل جہنم کرے۔۔۔

اے ساتر، اے رب، رب اس کا گواہ ہے، اچھا ہے کہ اس ملک میں صرف ہم ہی گناہ گار نہیں ہیں۔۔۔

اس نے اسے ڈانٹ کر کہا:

لیکن تم بات کرنے میں وقت برباد کر دیتے ہو۔۔!

شیخ عبد ربہ نے مسجد میں وقوع پذیر ہونے والے حادثہ کا استعمال اپنے مفاد کے لیے کرنے کا عزم کیا، انہوں نے وزارت کو ایک شکایت نامہ بھیجا جس میں انہوں نے لکھا کہ انہیں اپنے قوم پرست خطبہ کی وجہ سے پریشانیوں اور دست درازیوں کا سامنا ہے۔ انہوں نے اس واقعہ کو بطور خاص ان کی دفاع کے لیے پولیس والوں کی دخل اندازی اور حملہ آوروں کو گرفتار کرنے کے معاملہ کو بعض اخباروں میں مبالغہ آمیز شکل میں شائع کروانے کی کوشش کی، انہیں قوی امید تھی کہ وزارت ان کی حالت بہتر کرنے کے لیے سنجیدہ اقدامات کرے گی۔ لیکن عصر کے وقت انہیں ایک نئی صورتحال کا سامنا تھا۔ عصر

کے درس کے وقت آج کوئی سامع نہیں تھا، انہوں نے دروازہ سے جوس کی دکان کی طرف نظر دوڑائی، جوس والا اپنے کام میں منہمک تھا، انہیں لگا کہ وہ درس بھول گیا ہے، وہ دروازے کے قریب آئے اور اس کا نام لے کر پکارا:

چچا حسنین، درس۔

چچا حسنین نے آواز پر بلا ارادہ اپنا سر گھمایا، لیکن جلد ہی سختی کے ساتھ نفی میں سر ہلاتے ہوئے رخ پھیر لیا۔ شیخ عبدربہ خجل ہو گئے، اسے پکارنے پر پچھتائے اور اسے کوستے ہوئے لوٹ گئے۔

فجر کی اذان کا وقت تھا، رات کا سناٹا پسرا ہوا تھا، ہوا میں ٹھنڈک تھی اور چاند آب و تاب کے ساتھ چمک رہا تھا۔ مؤذن اذان گاہ پر چڑھا اور فضا میں "اللہ اکبر" کی آواز بلند ہو گئی۔ ابھی وہ اذان کے کلمات دہرانا چاہتا ہی تھا کہ فضا میں بمباری شروع ہونے کا خوفناک الارم بلند ہوا، اس کا دل بڑے زور سے دھڑکا اس نے اللہ کی پناہ مانگی، اپنے اعصاب پر قابو پایا اور دوبارہ اذان کے کلمات جاری رکھنے کو تیار ہوا۔ الارم بند ہو گیا تھا۔ بمباری کا الارم تقریباً ہر رات کا معمول بن گیا تھا جو صحیح سلامت گزر جاتا تھا۔ یہ اس وقت سے جاری تھا جب سے اٹلی نے اتحادیوں کے خلاف جنگ کا اعلان کیا تھا۔ وہ پوری قوت کے ساتھ بولا: لا إله الا اللہ اور اس میں غنائیت لانے کی کوشش کی۔ اچانک ایک خوفناک دھماکہ ہوا جس سے زمین دہل گئی۔ اس کی آواز اس کے حلق میں پھنس کر رہ گئی۔ وہ جہاں تھا وہیں ساکت و جامد کھڑا رہ گیا۔ اس کے پہلو لرز رہے تھے اور اس کی آنکھیں دور افق پر ٹھہری ہوئی تھیں جہاں سرخ شعلہ دکھائی دے رہا تھا۔ وہ دروازے کی جانب بھاگا اور لرزتے قدموں سے سیڑھیاں اترنے لگا۔ وہ مسجد کے فرش پر پہونچتے ہی امام اور خادم کی جانب بھاگا اور لرزاں آواز میں کہا:

پھر سے حملہ ہوا ہے۔۔ کیا کریں؟

امام نے گھٹی گھٹی آواز میں کہا:

پناہ گاہ دور ہے۔ اب تک لوگوں سے بھر چکی ہوگی۔ مسجد کی عمارت بہت مضبوط ہے، فی الحال یہی سب سے بہتر پناہ گاہ ہے۔

وہ سب ایک کونے میں بیٹھ گئے اور تلاوت کرنے لگے۔ باہر کی طرف سے مختلف آوازیں آنے لگیں۔۔۔ تیز قدموں کی چاپ، چیخ وپکار، فکر مند تبصرے، دروازوں کے کھلنے اور بند ہونے کی آوازیں۔ ایک بار پھر زمین یکے بعد دیگرے بمباری سے دہل اٹھی، اعصاب پر خوف سوار ہو گیا اور دلوں پر لرزہ طاری ہو گیا۔ مسجد کا خادم چلایا:

بال بچے گھر میں ہیں، گھر پرانا ہے، امام صاحب!

امام نے گھٹی گھٹی آواز میں کہا:

اللہ موجود ہے۔۔۔ اپنی جگہ سے ہلنا مت۔۔

لوگوں کی ایک بھیڑ مسجد میں آئی، کچھ لوگوں نے کہا:

یہ محفوظ جگہ ہے۔۔

ایک کھردری آواز آئی:

یہ حقیقی حملہ لگتا ہے، بیتی راتوں سے الگ۔۔

امام آواز سن کر دل گرفتہ ہو گیا۔ یہ جانور نما آدمی، اس کا یہاں پایا جانا کسی بری خبر کا پیش خیمہ لگتا ہے۔ کچھ اور لوگ آئے، اب کی بار پہلے سے زیادہ تھے۔ کچھ زنانہ آوازیں آئیں جن سے امام کے کان نامانوس نہیں تھے۔ ایک آواز آئی:

میر اسارا نشہ ہرن ہو گیا ہے۔۔

امام ہتھے سے اکھڑ گیا اور پوری قوت کے ساتھ چلایا:

پناہ گاہ جاؤ، اللہ کے گھروں کا احترام کرو، سب نکلو یہاں سے۔

ایک آدمی چیخا: چپ رہئے جناب۔

ایک تمسخر آمیز ہنسی کی آواز آئی پھر شدید دھماکہ کی آواز سماعتوں سے ٹکرائی۔ مسجد چیخ کی آوازوں سے گونج اٹھا۔ امام پر رعب طاری ہو گیا اور وہ گویا بموں کو مخاطب کرتے ہوئے جنونی انداز میں چیخا:

نکل جاؤ یہاں سے۔ اللہ کے گھروں کو گندا مت کرو۔

ایک عورت بولی: شرم کرو۔

امام پھر چیخا: نکل جاؤ، تم پر اللہ کی لعنت ہو۔

عورت نے ترکی بہ ترکی جواب دیا: یہ اللہ کا گھر ہے، تیرے باپ کا نہیں!

ایک کھردری آواز آئی:

چپ ہو جائیں، جناب! ورنہ میں آپ کی سانس کی ڈور کاٹ دوں گا۔

سخت تبصرے ہونے لگے، تمسخر آمیز الفاظ کا تبادلہ ہونے لگا۔ مؤذن نے امام کے کان میں کہا:

خدا کے لیے چپ ہو جائیں۔

عبد ربہ نے رک رک کر کہا گویا انہیں بولنے میں پریشانی ہو رہی تھی۔

تم چاہتے ہو کہ مسجد میں یہ لوگ رکیں؟ مؤذن نے گڑبڑاتے ہوئے کہا:

ان کے پاس اس کے سوا کوئی ٹھکانہ نہیں ہے۔ بھول گئے آپ کہ محلہ پرانا ہے، گھروں پر مکے بھی برسا دیں تو گر جائیں گے، بم کی بات ہی چھوڑ دیں۔

امام نے اپنے ایک ہاتھ سے دوسری ہتھیلی پر مکا مارا اور کہا:

میرا دل ان بدمعاشوں کے ساتھ ایک ہی جگہ اکٹھا ہونے پر مطمئن نہیں ہے۔ ان

کے ایک ہی جگہ پر اکٹھا ہونے میں ضرور اللہ کا کوئی حکم پوشیدہ ہے۔

ایک بم اور پھٹا، ان سب کو لگا کہ بم میدانِ خازندار میں پھٹا ہے۔ مسجد کے صحن میں ایک بجلی چمکی جس کی روشنی میں لرزتے سائے دکھائی دئے، پھر تاریکی چھاگئی۔ حلق سے پریشان آوازیں نکلیں۔ عورتوں نے ہاہاکار کی اور شیخ عبد ربہ کی بھی چیخ نکل گئی۔ شیخ عبد ربہ سراسیمہ ہو کر مسجد کے دروازہ کی جانب سرپٹ بھاگے۔ مسجد کا خادم ان کے پیچھے انہیں روکنے کے لیے دوڑا، لیکن انہوں نے اسے پوری قوت کے ساتھ دھکیل دیا اور کہا:

مرنے سے پہلے تم دونوں بھی میرے پیچھے ہو لو۔۔۔

وہ دروازے سے لرزتی ہوئی آواز میں یہ کہتے ہوئے نکل گئے:

ان سب کے ایک ہی جگہ پر اکٹھا ہونے میں ضرور اللہ کا کوئی حکم پوشیدہ ہے۔

اور دوڑتے ہوئے سخت تاریکی کا حصہ بن گئے۔ اس کے بعد بمباری دس منٹ تک جاری رہی اور اس دوران چار بم گرے۔ شہر پر مزید پندرہ منٹ تک سکوت طاری رہا پھر بمباری بند ہونے کا الارم بجا۔ دھیرے دھیرے رات کی تاریکی چھٹتی گئی۔۔۔ پھر صبح نجات کے آثار نمودار ہوئے۔

لیکن شیخ عبد ربہ کی لاش سورج نکلنے پر ہی مل پائی۔

Ref.: urduchannel.in

***

آشوا سن

وسیم عقیل شاہ

اس کے پاؤں میں پڑے چھالے پھوٹنے لگے تھے، جن سے رسنے والا پانی پسینے سے مل کر شدید جلن پیدا کر رہا تھا۔ اس پر دھوپ کی تمازت اسے الگ بے حال کیے ہوئے تھی۔ اب ایک قدم بھی آگے بڑھانا اس کے لیے محال تھا، لیکن اس کا عزم ہی تھا جو اسے گھسیٹتے ہوئے جلوس کے ساتھ ساتھ لیے چل رہا تھا۔

سفر کی سرد و گرم صعبتوں اور مشقتوں کو برداشت کرتا ہوا، لوگوں کی ہمدردیاں اور دعائیں لیتا ہوا ہزاروں کسانوں کا یہ جلوس سیکڑوں میل پیدل مارچ کرتا ہوا چلا جا رہا تھا۔ وشوا بھی اپنی پگڑی میں امیدیں باندھے اس جلوس میں شامل ہوا تھا۔ اسے بھی آس تھی کہ اب کے حکومت کی حس ضرور جاگے گی اور جلد ہی کسانوں کے مطالبات پورے کر دیے جائیں گے۔ اسی لیے وہ اس طویل سفر میں درپیش ہر تکلیف کو اپنے خوابوں کی خوش آئند تعبیر کے بدلے برداشت کرتا ہوا چل رہا تھا۔ اور مسلسل چل رہا تھا۔ راستے میں لہلہاتے کھیتوں کو دیکھ کر اس کے رگ و پے میں مسرت کی لہر دوڑ جاتی اور اس کے قدم خود بخود تیز ہونے لگتے، اتنے تیز کہ وہ عَلم اٹھائے، پیش پیش رہنے والے جلوس کے پرجوش نوجوانوں سے بھی آگے نکلنے کی کوشش کرتا۔ یہ امیدیں ہی اس کے حوصلے اور راحت کا سبب بن رہی تھیں، وگرنہ اپنی بے فیض زندگی سے وہ گویا بجھ سا گیا تھا۔

اسے اپنی بیوی شکنتلا کے بے موت مرنے کا شدت سے احساس تھا۔ اگر پچھلے برس فصل کی قیمت اس کی محنت کے برابر آئی ہوتی تو وہ اس کا علاج صحیح ڈھنگ سے کرواتا اور شاید وہ بچ بھی جاتی! مگر بیماری کے بعد وہ جی ہی کتنا! نہ اس کے پاس وقت تھا نہ وشوا کے پاس کہ وہ پھر سے قرض کے لیے دوڑ بھاگ کرتا۔ حالانکہ اس کے ناتواں کاندھوں پر پہلے ہی قرض کا اتنا بوجھ تھا کہ وہ اگلا قرض لینے کا کسی بھی طرح سے اہل نہیں تھا۔ تب بھی اگر کوئی بینک یا ادارہ ترس کھا کر اسے قرض دیتا بھی تو ضابطے کی کاروائی پوری کرنے تک شکنتلا کے پاس وقت کتنا تھا۔۔۔! اسے لگتا تھا کہ شکنتلا، سندھیا ہی کو دیکھ دیکھ کر جیتی تھی اور مری بھی شاید اسے ہی دیکھ دیکھ کر۔ آخر وقت میں سندھیا کو دیکھ کر اس کی آنکھوں میں جو حسرت آمیز کیفیت تھی اسے یاد کر کے وشوا کے دل میں ایک ہوک سی اٹھتی۔

سندھیا۔۔۔! اس کی سگھڑ بیٹی۔۔۔ سچ مچ وشوا کو پتا ہی نہ چلا کہ کھیتوں کی بالیوں اور جھاڑیوں کے پیچھے چھپ کر اسے ستانے والی اس کی معصوم گڑیا کا بچپن، کب اور کس اوٹ کے پیچھے چھپ گیا! مگر اب جب کہ سندھیا پچیس کے اوپر ہو چلی تھی تو اس کے بڑھتے سن کا ایک ایک دن وشوا پر بھاری گزر رہا تھا۔

بھلا ہو ان نیتاؤں کا جنھوں نے کسانوں کو جاگرت کیا اور انھی کے حق میں ریاستی سطح پر ایک بڑے جلوس کا اہتمام کیا۔ تاکہ سرکار اور اس کے کارندوں کو کسانوں کے مسائل سے آگاہ کرایا جا سکے سندھیا کو لیکر وشوا نے اپنی ساری امیدیں اور آشائیں اسی جلوس سے باندھ لی تھیں۔ اب تو اسے گویا یقین ہو چلا تھا کہ حکومت ان کا ساتھ دے گی اور فصل کے صحیح داموں میں خرید و فروخت کا قانون بنے گا، جس کی بنا پر اب کی بار اس کی تیار فصل کے دام مناسب آئیں گے۔ اور رہی بات قرض کی تو وہ سرکار سے پر امید تھا کہ یقیناً اس کا قرض معاف کر دیا جائے گا یا اطمنان کی حد تک اس میں کمی کر دی جائے۔

اس نے ایک موٹا موٹا حساب جوڑ کر یہ بھی اندازہ لگا لیا تھا کہ اگلے چھ، آٹھ مہینوں میں اس کے پاس اتنی رقم جمع ہو سکتی ہے جس سے سندھیا کے جہیز اور لگن کا ٹھیک ٹھاک بندوبست ہو جائے گا۔ اسی لیے جلوس میں شامل ہونے سے ہفتہ بھر پہلے ہی وہ گاؤں کے رشتہ لگانے والے 'کرتا' سے ملا تھا اور اسے پیشگی ہزار روپیے دے کر سندھیا کے لیے اچھا سا لڑکا ڈھونڈنے کی منتیں کی تھیں۔

پانچ دنوں کے طویل سفر کے بعد جلوس اپنے مقام پر پہنچا۔ رات کو منتظمین اور کچھ فلاحی اداروں کی جانب سے جھنکا بھاکر کھانے کی دوسری اشیا تقسیم کی گئیں۔ اسے زہر مار کر کے سبھی تھکے ہارے کسانوں نے سوتے جاگتے رات گزار لی۔ صبح کو جلوس کے اہم لیڈروں نے منتریوں اور سرکاری نمائندوں سے تین گھنٹے کی طویل میٹنگ کی، پھر جب باہر آئے تو یہ بھاشن دیا۔

"دیش واسیوں کے لیے اناج پیدا کرنے والے ہر ایک کسان کا مسئلہ اس کا اپنا ذاتی نہیں بلکہ پورے دیش کا مسئلہ ہے۔ سرکار مانتی ہے کہ سبھی کسانوں کے مسائل ایک جیسے ہیں لیکن ان میں ہر ایک کی ذمہ داریاں مختلف ہیں۔ لہذا اسی بات کو مد نظر رکھتے ہوئے سرکار نے کسانوں کی آدھی سے زیادہ مانگوں کو قبول کر لیا ہے اور آشواسن دیا کہ اگلے چھ مہینوں بعد ان پر عمل کرنا شروع کر دیا جائے گا۔ اس کے علاوہ بقیہ مانگوں پر غور کرنے کے لیے ایک سال کی مدت لی ہے تاکہ ان مانگوں پر ہر پہلو سے غور کیا جا سکے"۔

سرکاری فیصلے سے ہجوم پر کہیں خوشی تو کہیں غم کی لہر دوڑ گئی۔ بیشتر کسانوں کے مطابق اس فیصلے میں سوائے واپسی کے لیے سفری انتظامات کرنے کے، ہر ایک مدعا آشواسن تھا۔ اور آشواسن کا لفظ خاص کر کسانوں کے لیے کبھی بھی نیا نہیں رہا بلکہ آشواسن کے معنی ان کے نزدیک صرف انتظار۔۔۔انتظار۔۔۔اور انتظار کے سوا کچھ

نہیں تھا۔

فیصلہ سنتے ہی وشوا کی آنکھوں کے آگے اندھیرا چھا گیا اور بدن پر لرزا طاری ہو گیا۔ وہ سر تھامے کپکپاتے پیروں سے زمین پر اکڑوں بیٹھ گیا۔ پتا نہیں وہ کتنی دیر اسی کیفیت میں بیٹھا رہا کہ اچانک اس نے اپنے کاندھے پر کسی کا ہاتھ محسوس کیا۔ دھیرے سے آنکھیں کھولیں تو دیکھا کہ سامنے ایک شخص کھڑا تھا، اس کی شکل کچھ جانی پہچانی سی لگ رہی تھی۔ وہ دھیرے دھیرے اٹھ کر کھڑا ہوا اور اس شخص کو پہچاننے کی کوشش کرنے لگا۔

"ارے وشوا، کیا تو نے مجھے پہچانا نہیں میں کیشو ہوں کیشو"۔

کیشو کا نام سن کر اس کی آنکھوں میں شناسائی اتر آئی اور دونوں دوست بغل گیر ہو گئے۔ کیشو نے بتایا کہ وہ بارہ پندرہ برسوں سے دور کے ایک گاؤں میں اپنے سسرال کی زمین پر کاشت کار رہا ہے اور اب وہیں بس گیا۔ پھر اس نے وشوا کے اترے ہوئے چہرے پر نظریں جما کر پوچھا: "تیرا کیا حال ہے؟"

وشوا نے افسردگی سے اپنی بیوی کی موت کی خبر سنائی۔ سن کر کیشو نے بڑا افسوس ظاہر کیا اور کچھ توقف کے بعد پوچھا:

"تیری ایک بٹیا بھی ہے نا؟ کیا نام ہے اس کا۔۔۔۔؟

"سندھیا"۔

وشوا نے جواب دیا:

"ہاں، سندھیا۔۔۔ اب تو شادی ہو گئی ہو گی اس کی۔۔؟"

وشوا نے مایوسی سے گردن ہلائی اور دھیمی آواز میں کہا:

"اسی کی فکر ستا رہی ہے مجھے"۔

وشوا نہیں چاہتا تھا کہ وہ اپنے بارے میں اسے کچھ بتائے مگر کیشو کی ضد کے آگے وہ

مجبور ہو گیا۔ کیشو نے پوری بات سن کر اسے غور سے دیکھا اور اس کے کاندھے پر ہاتھ رکھ کر گویا ہوا: "وشوا، چنتا مت کر سب ٹھیک ہو جائے گا"۔

"نہیں رے کیشو تو نہیں جانتا مجھے اپنی کھیتی سے زیادہ سندھیا کی فکر ہے اور تو تو جانتا ہے آج کل لڑکے والے 'ہنڈا' (روپیوں کی شکل میں دیا جانے والا جہیز) لیے بغیر کہاں راضی ہوتے ہیں۔ تبھی پیچھے سے ایک نوجوان نے کیشو کو آواز دی۔

"چلو بابا دیری ہو رہی ہے، کہیں بس نہ نکل جائے"۔

کیشو نے دیکھا ایک اچھے قد و قامت کا نوجوان کیشو سے مخاطب ہوا اور پلٹ کر پاس ہی کھڑے اپنے دوستوں کی طرف بڑھ گیا۔

"وشال ہے نا۔۔۔؟ کتنا بڑا ہو گیا۔۔۔۔۔!"

کیشو نے دیکھا وشوا کی نظریں وشال کا تعاقب کر رہی ہیں۔اس کے ہونٹوں پر ایک معنی خیز مسکراہٹ پھیل گئی۔

"ہاں، میرا بیٹا۔۔۔۔۔وشال۔۔۔" اسی برس شادی کرنے جارہا ہوں اس کی"۔

وشوا نے تجسس سے پوچھا:

"لڑکی دیکھی؟"

"ہاں دیکھی تھی، پندرہ برس پہلے۔۔۔۔"

کیشو نے مسکراتے ہوئے کہا۔

اس پر وشوا نے حیرت سے پوچھا:

"پندرہ برس پہلے۔۔۔ کہاں دیکھی تھی؟"

"تیرے گھر میں"۔

وشوا حیرت و مسرت کی ملی جلی کیفیت کے ساتھ کیشو کا منہ تکنے لگا۔

"اب منہ کیا دیکھتا ہے جلدی سے اپنے گاؤں کی بس پکڑ اور چنتا چھوڑ میں جلد ہی تیری وہینی کو لے کر سندھیا کا ہاتھ مانگنے تیرے گھر آؤں گا۔"

مائک سے مسلسل آنے والی آوازیں اب بند ہو چکی تھیں البتہ دس دس منٹ بعد ہدایتی پیغام ضرور آرہے تھے۔ میدان دھیرے دھیرے خالی ہونے لگا تھا۔ جلوس میں شامل کسان جوق در جوق ریلوے اسٹیشن اور بس اڈے کی طرف چلے جارہے تھے۔

کیشو کی باتوں سے وشوا کی ڈھارس بندھی۔ وہ بس میں سوار ہوا اور جگہ بنا کر ایک سیٹ پر بیٹھ گیا۔ بس چلنے لگی تو کھڑی سے آتی ہوا سے وشوا کو راحت کا احساس ہوا اس نے سیٹ کی پشت سے ٹیک لگا کر آنکھیں بند کرلیں اور کیشو کے بارے میں سوچنے لگا۔ کتنا بھلا آدمی ہے کیشو، پرانی دوستی کا مان رکھ لیا اور میری اتنی بڑی پریشانی دور کردی۔ وہ اس دن کا تصور کرنے لگا جس کا آشواسن کیشو نے دیا تھا کہ وہ اپنی بیوی کے ساتھ سندھیا کا ہاتھ مانگنے اس کے گھر آئے گا اور وہ۔۔۔۔ وہ۔۔۔ اچانک ایک منحوس سا خیال اس کے ذہن میں بجلی کی طرح کوندا کہ کہیں کیشو کا آشواسن بھی سرکاری آشواسن کی طرح صرف انتظار۔۔۔۔ انتظار اور انتظار ہی نہ رہ جائے!!!

Ref.: urduchannel.in

***

بے مہر موسم میں محبت

ڈاکٹر آصف علی قیصر

جب بھی میں کسی دوراہے پر پہنچتا ہوں ہمیشہ دائیں مڑتا ہوں۔ یہ میری عادت ہے مگر اُس شب میری اذیت پسندی مجھے گلی میں فرح کے گھر تک لے گئی۔ میں تیز تیز قدموں سے جو میری دھڑکنوں سے بھی تیز تھے، برقی قمقموں سے دہکتے اُس گھر کے سامنے سے جیسے بھاگ کر گزرا اور اگلے دوراہے سے سیدھے ہاتھ مڑ کر گیا۔ وہاں دنیا نابود ہوئی اور بے کراں وسعت کا حامل ایک سپاٹ میدان مجھے ملا۔

"یہ کیسے ممکن ہے؟ بھلا ایک ثانیے میں تمام دنیا کو زمین کیسے نگل سکتی ہے اور پھر اگلے ہی ثانیے اتنی ہموار اتنی سپاٹ کیسے ہو سکتی ہے؟"

میں نے سوچا اور خواب سے نکلنے کے لیے زور زور سے آنکھیں ملنے لگا۔ میرے دیکھتے ہی دیکھتے وہاں درمیانی اونچائی کے پہاڑ اُگ آئے جن کے بیچوں بیچ وادی میں ایک خیمہ بستی تھی۔ میں آگے بڑھا اور بستی کے پہلے خیمے کی اوٹ سے سامنے کا منظر نامہ پڑھنے لگا۔ ایک نصف دائرے میں نصب سفید خیموں کے بیچوں بیچ مجھے ایک نقرئی خیمہ دکھائی دینے لگا جو بستی کے سردار کا خیمہ تھا۔ اُس وسیع خیمے کے کشادہ دروازے سے اندر کا منظر مجھے دکھائی دینے لگا۔

خیمے کے اندر عین مرکز میں پھولوں سجی مسہری کو بستی کی ساری جوان لڑکیوں نے

گھیر رکھا تھا۔ اور مسہری پر عروسی جوڑے میں ملبوس فرح مجھے صاف دکھائی دے رہی تھی۔

"یہ بھلا کیسے ممکن ہے ؟"

میں نے زور سے آنکھیں میچ لیں اور پھر چند ہی ثانیوں بعد پوری طرح کھول لیں۔ خدا کا شکر ہے، دھند لکا چھٹ گیا اور مسہری پر دلہن بنی بیٹھی سردار کی اکلوتی بیٹی کے خدو خال میرے شعور کے پردے پر جگمگانے لگے۔ ذرا غور سے دیکھنے پر مجھے دلہن کے ہونٹوں پر پپڑیوں کی صورت جمی پیاس نظر آئی۔ کچھ ایسا ہی حال اس کے گرد گھیرا ڈالے لڑکیوں کا بھی تھا جن کے حلق پیاس سے خشک ہو چکے تھے۔ اور وہ شادی کے گیت گانے کے قابل نہ رہی تھیں۔ میں نے منظر کی تشنگی سے اکتا کر خیمے سے نظریں ہٹائیں تو مجھے کچھ دور بستی کے تمام مردوں کا اکٹھ دکھائی دیا۔ بلوغت کی عمر سے بڑے سب مرد دائرے کی صورت زمین پر اکڑوں بیٹھے تھے۔ بستی کا سردار ان کے بیچوں بیچ اپنی مسند پر براجمان تھا۔ بستی کا سب سے بوڑھا اور دانا شخص اپنی بات جاری رکھے ہوئے تھا۔ "سردار بستی پر خشک سالی اور قحط کا عذاب تمھاری بیٹی کی وجہ سے اترا ہے۔ ہمارے مویشی مر چکے ہیں اور اب ہمارے بچوں کی باری ہے۔" مجمع میں بھنبھناہٹ اٹھی تو سردار نے ہاتھ اٹھا کر سب کو خاموش کروا دیا۔ "اس لڑکی نے اپنے عم زاد کی محبت ٹھکرا کر دوسرے مرد پر اپنی محبت نچھاور کی، یہ صحیفوں کی تردید اور توہین ہے۔ جس سے ہمارے خدا ہم سے روٹھ گئے اور خشک سالی کا عذاب اترا۔" بوڑھا آدمی اپنے صدیوں کے تجربات سے کشید گیان میں بولتا چلا گیا اور بستی کا ہر مرد بشمول سردار اُس کی بات پر یقین کرتا چلا گیا۔

"اے مردِ دانا! وہ بھلا کیسے ؟" سردار نے پوچھا

"اپنے منسوب سے نظریں چرا کر تمھاری بیٹی نے جس مرد کو چاہا ہمیں اس مرد کی

زندگی کی بھینٹ اپنے خداوں کے حضور چڑھانا ہوگی۔" مجمعے میں بیٹھا سب سے خوب رو اور وجیہ شخص کسمسا کر رہ گیا۔ "ٹھیک ہے، اپنے بچوں کو موت کے منہ میں جانے سے بچانے کے لیے میں اپنی بیٹی کے محبوب کے لیے موت کا پروانہ لکھتا ہوں۔"

سردار کا یہ کہنا تھا کہ نقرئی خیمے میں بیٹھی دلہن تڑپ کر مسہری پر ڈھیر ہوگئی۔ اُدھر مجمعے میں سب مردوں نے اُسکے محبوب کو دبوچ کر رسے سے باندھ دیا۔ اور عین اسی ساعت بہت سارے خواجہ سرا مجھ پر ٹوٹ پڑے اور مجھے ایک رسے سے باندھ کر ایک خیمے میں ڈال دیا۔ میں بھول گیا تھا کہ بستی کے فیصلوں میں خواجہ سراؤں کو شامل نہیں کیا جاتا۔ ان موقعوں پر وہ پہرا دیتے ہیں۔ اب میں خیمے میں اوندھا پڑا بستی کے خوب رو ترین مرد کو بھینٹ چڑھانے کی تیاریاں دیکھ رہا تھا۔

اس بزرگِ دانا کے کہنے پر کہ وہ خداؤں کا آشنا تھا، جنگل سے قیمتی لکڑیاں چنی گئیں اور میدان کے مرکز میں ایک الاؤ روشن کیا گیا۔ جب شعلے بلند ہو کر آسمان کو چھونے لگے اور آسمانوں پر سوئے خدا الاو کی تپش سے ایک ایک کر کے بیدار ہونے لگے تو بستی سے چار تنومند اور کڑیل نوجوان سردار کی بیٹی کے محبوب کے اٹھا لائے۔ نقرئی خیمے کی سب دیواریں ہٹا دی گئیں۔ تمام لڑکیوں کو دلہن سے دور ہٹا دیا گیا۔ اور یہ سب اس لیے کیا گیا کہ جب محبوب کو آگ کے شعلے چاٹنے لگیں تو اس کا پگھلا وجود دیکھ کر، اس کے گوشت کی سڑانڈ سونگھ کر وہ بین کرے، چیخے چلائے تاکہ خداؤں کے دل پسیج جائیں اور وہ بارش برسا دیں۔ پھر بستی کے حسین ترین نوجوان کو الاؤ میں جھونک دیا گیا۔ فرح بری طرح رو دی۔

معاف کیجئے گا، دھندلکا ایک بار پھر۔۔۔ سردار کی بیٹی کی چیخ بلند ہوئی تو سردار سمیت سب بوڑھوں نے اطمینان کی ایک گہری سانس لی۔ وہ سب مرد و زن یقین کی

کیفیت میں کھڑے اس نوجوان کے وجود کو شعلوں میں پگھلتا دیکھنے لگے تاکہ بعد میں اس کی ہڈیوں کی راکھ سمیٹ کر اپنی عبادات و مناجات جاری رکھ سکیں۔ اور پھر کچھ یوں ہوا جو سب کے لیے ناقابلِ یقین تھا۔ بستی کا وہ خوب رو نوجوان سردار کی بیٹی کا محبوب آگ کے اس الاؤ سے کندن کا بدن لیے بر آمد ہوا۔

"یہ کیا؟" سب نے استفہامیہ نظروں سے مردِ دانا کی طرف دیکھا۔ وہ بولا، "خداؤں نے بھینٹ قبول نہیں کی۔ وہ چڑھاوے میں اذیت کی بڑی آمیزش کا مطالبہ کرتے ہیں۔" "وہ کیسے ؟" سب یک زبان ہو کر بولے۔ "اس نوجوان کا خون اس کی محبوبہ کے ہاتھوں بہے گا اور اسے اس سے منسوب عم زاد غسل دے گا تو خدا یہ بھینٹ قبول کر لیں گے۔" یہ سن کر سب مرد خاموش ہو گئے، عورتوں کی سسکیوں کی آواز سنائی دینے لگی۔ بستی کی ساری عورتیں اپنے بچوں کو سینوں سے لگائے سردار کی بیٹی کی مسہری کے گرد جمع ہو گئیں اور اسے بھینٹ کے لیے تیار کرنے لگیں۔ البتہ اس کے محبوب کو اس نئے فیصلہ سے لاعلم رکھا گیا اور اسے اسی خیمہ میں ڈال دیا گیا، جہاں میں تھا۔ ہر طرف سرگوشیاں ہو رہی تھیں۔ میں نوجوان کے اس نئے فیصلہ سے آگاہ کر سکتا تھا لیکن بستی میں مینہ برسنے کی خواہش میں شریک ہو کر میں چپ رہا۔

جب سردار کی بیٹی اپنے ہاتھوں سے اپنے محبوب کی قربانی کے لیے تیار ہو گئی تو تمام عورتیں اپنے گھروں سے بچا کھچا پانی اکٹھا کر لائیں اور شربت بنا کر بستی کے مردوں کی تواضع کرنے لگیں۔ سردار نے اپنی کمر سے بندھا آب دار خنجر نکالا اور اپنی بیٹی کے قدموں میں رکھ دیا۔ "میں امید کرتا ہوں کہ اس خنجر سے بہایا گیا خون ہماری بستی کے لیے خوش حالی لائے گا۔"

بزرگِ دانا نے اسے ٹوکا، مسکرایا اور اپنی داڑھی کھجاتے ہوئے بولا، "اذیت کی کوئی

حد نہیں ہوتی اور خدا بھی لامحدود وجود رکھتے ہیں۔ بستی کی کند ترین چھری لائی جائے۔"

مہترانی بھاگم بھاگ خیمے سے کند چھری اٹھا لائی۔ وہی چار کڑیل جوان خوب رو نوجوان کو لانے کے لیے آگے بڑھے تو بزرگِ دانا نے ہاتھ کے اشارے سے انھیں روک دیا۔ "یہ کام خواجہ سراؤں کو کرنے دو۔" خوش حالی کی دھن میں پاگل اپنی بھدی آواز میں خوفناک گیت گاتے خواجہ سرا اس نوجوان کے دھوکے میں مجھے میدان میں اٹھا لائے۔ فرح مسہری سے اتری، اپنا بھاری بھرکم عروسی لباس سنبھالتی، حنائی ہاتھوں میں کند چھری پکڑے چھوٹے چھوٹے قدم اٹھاتی میری طرف بڑھی۔ میں منظر کی خوف ناکی سے دہل کر بار بار آنکھیں جھپک کر دھندلکا دور کرنے کی کوشش کرنے لگا۔ مگر اب کی بار منظر مزید گہرے رنگوں سے مزین ایک حقیقت بن کر میرے سامنے ایستادہ ہو گیا۔ فرح میرے قریب آئی، اتنی قریب کہ ایک ثانیے کے لیے تو میں سرشار ہو گیا۔ اس نے پوری کوشش سے مجھ سے نظریں چراتے ہوئے مجھ پر جھک کر میری گردن پر کند چھری رکھ دی۔ میں نے اس کے ہاتھوں کی کپکپاہٹ میں محبت کا اعتراف محسوس کیا اور آنکھیں بھینچ لیں۔ مجھے معلوم تو نہیں لیکن میری کٹی شہ رگ سے خون کا فوارہ ضرور پھوٹا ہو گا اور عین اسی لمحے بستی پر برستا مینہ اسے جل تھل کر رہا ہو گا۔ رات کے سوا بارہ بج چکے تھے۔ میں نے سوچا، اس وقت تک فرح اپنی عروسی مسہری پر نڈھال ہو کر سو چکی ہو گی۔ میں نے آخری سگریٹ سلگایا اور گھر کی طرف چل پڑا۔

Ref.: caarwan.com

***

اچھے لوگ برے لوگ

محمد جواد

یقین کیجیے کرائے کے مکانوں میں دھکے کھانے والوں کی بھی اپنی ایک نفسیات ہوتی ہے یا یوں کہیے کہ وقت گزرنے کے ساتھ ساتھ بن جاتی ہے۔ پکا کوٹھا ڈال کر رہنے والے کچھ اور طرح کے لوگ ہوتے ہیں۔ وہ اضطراب، وہ خانہ بدوشانہ قسم کا مزاج اور وہ عجیب طرح کا عدم تحفظ بس وہی لوگ بھگتتے ہیں جو ان تجربات سے گزرتے ہیں۔ میں یہ سب باتیں آپ سے اس لیے share کر رہا ہوں کہ دو ماہ قبل میں نے اپنی بیوی اور دو بچوں سمیت پھر نقل مکانی کی ہے اور اب کی بار ایک بہت عجیب سے معاملے سے واسطہ پڑا ہے۔ ابھی دو ہفتے پہلے میں سٹور سے لینے کچھ گیا تو دالیں وغیرہ پیک کرتے دکان دار نے مجھ سے پوچھا کہ آپ کہاں رہتے ہیں۔ جب میں نے گھر کا پتہ بتایا تو اس کے چہرے پر بڑی پراسرار مسکراہٹ سی آ گئی۔ گھر واپس آ کر میں نے یہ بات اپنی بیوی کو بتائی تو کہنے لگی "جاوید صاحب! اس گھر کو تو لوگ کتوں والا گھر کہتے ہیں"۔

"ہیں! کیا مطلب؟"

سنا ہے، ہم سے پہلے کرایہ داروں نے بڑے بڑے دو کتے رکھے ہوئے تھے"۔

"کوئی بات نہیں، ان کو اچھے لگتے ہونگے۔"

"مگر مجھے اچھا نھیں لگتا کہ لوگ ہمارے گھر کو کتوں والا گھر کہیں۔"

"یاسمین! میرے تمھارے کہے یہ دنیا چلتی ہے؟

"یہ زندگی میری تمھاری پسند یا ناپسند سے بے پروا چلی جارہی ہے۔"

میری بیوی خاموش رہی مگر اگلے کچھ دنوں میں اس کی پریشانی بڑھتی ہی چلی گئی۔

ہماری سوسائٹی میں اس کی ایک دور کی رشتے دار خاتون بھی رہتی تھیں۔ انھوں نے بھی بڑے دل خراش واقعات کا ذکر کیا۔

"ایک بڑھیا رہتی تھی۔ یہ بڑا اگلا پہنتی تھی۔"

خالہ نے بہت بڑا سا گلا بتایا۔

"ایک بیٹے کی تو شادی کر رکھی تھی۔ اب ایک جوان عورت اور تین تین مرد گھر میں۔ ایک تو خاوند ہے، دو تو نامحرم ہیں مگر جب دیکھو بغیر دپٹے کے اِدھر اُدھر گھوم رہی ہے"

"اور ایک باباجی بھی تو تھے۔ ان لڑکوں کے ابا۔ کیا بتاؤں۔ نہ کبھی بال کٹواتے تھے نہ ہی کبھی نہاتے ہوں گے۔ گرمیوں میں کبھی اوپر سے ننگے تو کبھی نیچے سے۔"

"نیچے سے؟"

میری بیوی نے تھوک نگلتے ہوئے کہا۔

"بس وہی لڑکوں والا نیکر سا پہنے رہتے تھے۔"

"آدھی آدھی رات کو لوگ آتے تھے۔ میں نے ایک دفعہ کہہ ہی دیا کہ جناب گھر آکر ڈور بیل بجایا کریں، آپ تو گاڑی کے ہارن پر ہاتھ رکھ کے بھول جاتے ہیں کہ وقت کیا ہوا ہے"

"پھر کیا کہا انھوں نے؟" میری بیوی بولی۔

"کہنے لگے ہمارا ہوٹل کا بزنس ہے، جلدی گھر نہیں آسکتے۔"

یہ سب باتیں میری بیوی نے مجھے آ کر بتائیں۔

"ویسے لوگوں کو دوسروں کے معاملات میں بڑا تجسس ہوتا ہے۔ الٹی پلٹی بات نہ بھی ہو تو بنا لیتے ہیں۔ اپنا ذہن جھٹکو!" میں نے اکتاہٹ سے کہا۔

"خود تو آپ سارا سارا دن گھر سے باہر ہوتے ہیں۔ میں نے گھر سنبھالنا ہوتا ہے۔ بچوں کو دیکھنا ہوتا ہے۔ کئی بار سودا سلف لینے کے لیے گھر سے نکلنا بھی پڑتا ہے۔ لوگ مجھے دیکھ کر ایک دوسرے سے کھسر پھسر شروع کر دیتے ہیں۔"

"یاسمین! انسان کو اپنا پتہ ہونا چاہیے اور اپنے اوپر اعتماد ہونا چاہیے۔"

"میں کوشش بہت کرتی ہوں کہ ذہن جھٹکوں، آپ کے قیمتی مشوروں پر عمل کروں مگر میں ابھی اس پریشانی سے نکل نہیں سکی۔" میری بیوی نے کچھ طنز سے کہا۔

"ویسے ایک بات بتاؤں تمھیں۔ بعض اوقات ہم اپنی آنکھوں پر نیلے پیلے رنگوں کی عینک لگا لیتے ہیں تو جس رنگ کی عینک ہو ویسا ہی نظر آنا شروع ہو جاتا ہے۔"

"آپ کیا کہنا چاہتے ہیں۔"

"میں یہ کہنا چاہتا ہوں بل کہ کہہ رہا ہوں کہ جوان عورت کو دیکھ کر کھسر پھسر کرنا، اُسے گھورنا، تنگ کرنا تو ہمارا قومی کھیل ہے۔"

میری بیوی کو ہنسی آ گئی۔ وہ ہنستے ہوئے بہت اچھی لگ رہی تھی۔ مجھے اچانک ایک خیال آیا۔

"اور تمھیں بھی چاہیے کہ گھر سے نکل کر کہیں بھی جاؤ، کم بولا کرو، کم ہنسا کرو، دانت کم نکالا کرو۔"

"بس وہی مردوں کی اصل فطرت! گھوم پھر کر قصور عورت کا نکال دیتے ہیں۔ جناب یہ کہ بہت اہم معاملہ ہے۔ ان لوگوں کی وجہ سے لوگ آپ کو اور مجھے ٹیڑھی

آنکھ سے دیکھ رہے ہیں۔"

"تو کیا کروں۔ اخبار میں لکھوا دوں کہ وہ خراب لوگ اپنا یہ گھر چھوڑ کر چلے گئے ہیں اور ان کی جگہ دنیا کے اچھے ترین لوگ آ گئے ہیں۔"

"پھر طنز شروع کر دی آپ نے، آپ سے بات کرنا بالکل فضول ہے"۔ میری بیوی نے اٹھتے ہوئے کہا۔

چند دن بعد مجھے میری بیوی نے بتایا کہ وہ اپنے ایک دُور کے رشتے دار بزرگ سے جو بہت پہنچے ہوئے ہیں، اس گھر کے بارے میں 'پتہ' کروا رہی ہے۔ ایک روز شام کے وقت ہم چائے پی رہے تھے کہ شاہ صاحب سے میں نے سارا مسئلہ ڈسکس کیا تھا۔ مجھے تو اس مکان میں بڑی بے برکتی بھی محسوس ہوتی ہے۔ ابھی دو دن پہلے میرا ہاتھ بھی جل گیا ہے۔ آمدنی بھی ہمارے یہاں آ کر کم ہو گئی ہے۔ آپ سے بات کا سوچوں کہ فایدہ نہیں تھا اس لیے میں نے شاہ صاحب سے مشورہ کرنا مناسب سمجھا۔"

"پھر کیا کہا شاہ صاحب نے ؟"

"کہہ رہے تھے کہ جو لوگ تم لوگوں سے پہلے یہاں رہتے تھے وہ بے حد نجس افراد تھے۔ انھی کی وجہ سے یہ بے برکتی اور نحوست ہے۔ گھر اچھی طرح دھو کر صاف کرو اور اللہ اور رسول صلی اللہ علیہ وآلہ وسلم کا نام دیواروں پر ٹانکو۔۔۔"

میں کچھ سوچ میں پڑ گیا۔

کچھ سوچتے ہوئے میں نے کہا" یاسمین ! کیا ہمیں یہ حق حاصل ہے کہ کسی کو نجس یا ناپاک کہیں ؟"

"مجھے آپ سے پوری امید تھی کہ آپ شاہ صاحب سے بھی اختلاف کریں گے۔ پرابلم یہ ہے کہ آپ نے بہت ساری کتابیں پڑھ رکھی ہیں۔"، یاسمین نے کچھ

نخوت سے کہا۔

"کتابیں کہاں سے آ گئیں، یہ تو ایک سامنے کی عام اختلاف کی بات ہے۔"

اگلے کچھ دنوں میں میری بیوی نے خوب مانجھ مانجھ کر گھر صاف کیا اور چاروں قل اور آئتہ الکرسی گھر کے مین کمرے میں دیواروں پر لٹکائیں۔

یہ سب کرنے کے بعد یاسمین خاصی مطمئن ہو گئی مگر جب بھی اس کی خالہ ان لوگوں کے بارے میں ہوش ربا قسم کی باتیں بتاتیں وہ تھوڑی دیر کے لیے پریشان ہو جاتی۔

میں جب سے اس مکان میں شفٹ ہوا تھا مسلسل پچھلے لوگوں کے قصے سن رہا تھا۔ خالہ، سٹور والا، سبزی بیچنے والا، مالی اور بغل والے گھر کا ڈرائیور، جسے دیکھو ان لوگوں کے بارے میں بہت عجیب و غریب قسم کی باتیں سناتا۔

مگر ابھی کل ایک عجیب واقعہ ہوا۔ میں آفس کے لیے گھر سے نکلا تو ایک ڈاڑھی والے نوجوان نے مجھے مین گیٹ پر رکنے کا اشارہ کیا۔ میرے گاڑی روکنے کے بعد وہ میرے پاس آیا اور بولا: "میں نے کیمپس پل تک جانا ہے۔ کیا میں آپ کے ساتھ گاڑی میں سفر کر سکتا ہوں؟"

"جی آیئے، میں ادھر ہی جا رہا ہوں۔"

"آپ اسی سوسائٹی میں رہتے ہیں؟"

"ابھی دو ماہ قبل شفٹ ہوئے ہیں ہم۔"

"کون سا ہاؤس نمبر ہے آپ کا؟"

"جی! B-450۔"

"اچھا وہ فیضان لوگوں والا گھر۔"

میں چونکا" آپ ان لوگوں کو جانتے ہیں ؟"

"جی! ان کے دولڑکے تھے فیضان اور سادان۔ وہ روز ہمارے ساتھ کرکٹ کھیلتے تھے۔"

"کیسے لڑکے تھے وہ؟"

"بہت کم لوگ ایسے پیار کرنے والے اور دل کے صاف ہوتے ہیں۔"

"آپ کتنی دیر ان لوگوں کے ساتھ اس سوسائٹی میں رہے ؟"

"کوئی دو سال جناب!"

"دونوں بھائی بڑے وقت پر گراؤنڈ میں آجاتے، ہنستے مسکراتے، بہت امیر لوگوں کے بچے تھے۔ وقتی طور پر یہاں رہتے تھے۔ اب انھوں نے جوہر ٹاؤن میں اپنا مکان بنالیا ہے۔"

"مجھے اور کچھ بتائیے ان کے بارے میں، اصل میں محلے والے بڑی عجیب عجیب باتیں کرتے ہیں ان کے بارے میں۔"

"جناب دنیا کی تو یہی ریت ہے۔ وہ لوگ تھوڑا الگ الگ رہتے تھے شاید اس لیے۔ اپنی ہی الگ دنیا تھی ان کی۔ ایک مرتبہ کھیلتے ہوئے میری ٹانگ فریکچر ہوگئی۔ دونوں نے فوراً گاڑی نکالی، مجھے ہسپتال لے کر گئے۔ میرے گھر والوں کو اطلاع دی اور رات تک وہیں ہسپتال میں ہم لوگوں کے ساتھ بیٹھے رہے۔"

میں بالکل خاموش ہو کر ڈرائیونگ کرتا رہا، جب کیمپس پُل آگیا تو نوجوان نے میرا شکریہ ادا کرنا چاہا۔

"شکریہ تو مجھے آپ کا ادا کرنا چاہیے۔"

"کیوں جناب ؟"

"کیوں کہ آپ نے میرا ایک مسئلہ حل کر دیا۔"

"یہ سب اللہ کی طرف سے ہے۔ آپ چاہتے تھے کہ مسئلہ حل ہو تو اللہ نے کر دیا۔ جناب نظر وہی کچھ آتا ہے جو ہم دیکھنا چاہتے ہیں۔ مجھے اور آپ کو بھی شاید وہی دکھائی دے رہا ہے جو ہم دیکھنا چاہ رہے ہیں۔"

"تو جناب یہ Mystery ہمیشہ قائم رہے گی کہ وہ لوگ کیسے تھے۔" میں نے مسکراتے ہوئے کہا۔

"بے شک، آخری علم اللہ ہی کے پاس ہے۔"

اشارے سے خدا حافظ کہہ کر وہ چلا گیا۔

میں نے آفس سے گھر آکر بھی اپنی بیوی سے کوئی بات نہیں کی۔ وہ ویسے بھی گھر کی صفائی اور قرآنی آیات کو دیواروں پر آویزاں کرنے کے بعد خاصی مطمئن ہو چکی ہے۔ خالہ، مالی، ہمسایوں کا ڈرائیور، سٹور والا لڑکا، یہ سب بھی ان لوگوں کو ماضی کا حصہ سمجھتے ہوئے بھولتے جا رہے ہیں۔ پہلے پہل میرا دل چاہتا تھا کہ اس نوجوان سے مل کر میں ان کا ایڈریس حاصل کروں گا۔ ان لوگوں کو ایک نظر دیکھوں مگر اب مجھے یہ بات بھی بڑی غیر ضروری محسوس ہوتی ہے کیوں کہ مجھے معلوم ہے کہ وہاں جا کر بھی میں وہی کچھ دیکھوں گا جو میں اصل میں دیکھنا چاہتا ہوں۔

Ref.: caarwan.com

٭٭٭

پھیلتا ہوا کاجل

آغا بابر

"اس وقت کا خیال کرو جب عورت کا بال سفید ہو جاتا ہے، جب عورت کے پھل پک کر سڑ جاتے ہیں اور معاشرے کی خود کار مشین اس کو اگلی قطار سے پھٹک کر پچھلی قطار میں پھینک دیتی ہے۔ اتنی دیر میں اگلی قطاروں میں نئی لڑکیاں آجاتی ہیں۔"

"آجاتی ہوں گی۔" سلیمہ بغیر کسی رد عمل کے بولی۔ چہرہ کورے کا کورا۔ جوار نہ بھاٹا۔ جیسے جامد پانی میں کنکر تک نہ گرے۔

یہ بات نصر ہی نے نہیں کہی تھی۔ ایسی باتیں کئی لڑکے اور کہہ چکے تھے۔ جب کوئی لڑکا سلیمہ سے ملتا، وہ میٹھی گولیاں چوسنے کو دیتی۔ لڑکا چوستا رہتا۔ میٹھی چاشنی میں لپٹی ہوئی مہین مہین باتیں بے ربط عورت کی صحبت کو ترستے ہوئے لڑکے بالے کیا، پکے پکائے مرد بیٹھ کر ٹھرک پورا کرتے رہتے۔ ادھر خود پرستی اور نرگسیت کو غذا ملتی رہتی۔ غضب یہ ڈھاتی کہ لڑکے کو گھر بلا لیتی۔ اس بے چارے کی فانسئی اور رومانس ٹکڑے ٹکڑے ہو جاتا۔ ملنے کو سو جگہیں اور ہیں۔ اس میں کیا تک کہ گھر میں بلا کر ماں سے ملو، بہن سے ملو، بھائی سے ملو، یہ تو ستم کاری ہے۔ محبوب کا ستمگر ہونا تو جائز ہے مگر ستمگار نہیں۔ کئی لڑکے دُم دبا کر بھاگ جاتے۔ پانی کے جوہڑ میں کوئی کنکر نہ گرتا۔

ہر سال آبادی بڑھ رہی ہے۔ لڑکے جوان ہو رہے ہیں۔ کوئی اور آجاتا۔ لڑکیوں

کا جھرمٹ لگ جاتا، گھر بلالیتی۔ پکھوے سے لگی بیٹھی ہیں۔ چائے بنتی، تردد ہوتا، ہاتھ میں ہاتھ ڈال کر چہل قدمی ہوتی۔ "دیدی، دیدی" کہہ کر ان کا منہ سوکھتا۔ ماں بہن خوش نہال کہ سلیمہ پاپولر اور سوشیل ہو رہی ہے۔

ہمجولیاں تو الگ، پُرانی شاگردیں گھر بار والی ہو گئیں۔ کوئی لیبیا، کوئی کویت، کوئی سعودی عرب، موٹریں دوڑتی پھرتیں۔ خاوند ملا بچے ہوئے۔ بھول بھال گئیں۔ کوئی ہوتی تھیں دیدی، جو ان کو چندا کہا کرتی تھیں۔ چاند ڈوب جائے تو نئے کو نکلنے میں کتنے دن لگتے ہیں۔ سلیمہ کو پیچھے مڑ کر دیکھنے کی فرصت کب تھی۔ اس کی چاہنے والیاں ہر روز ہر ہفتے ہر مہینے پیدا ہو جاتیں۔ میٹھے میٹھے خطاب اس کی زبان سے کھسکے تھوڑی تھے۔ زبان پر سے مٹھاس کے اُترنے کا سوال ہی پیدا نہیں ہوتا۔ زندگی گزارنے کی ہر ایک کی اپنی طرز ہوتی ہے۔ رنگ پختہ چڑھ جائے تو شخصیت کا جزو بن جاتا ہے۔ یہ سب باتیں اور طریقے اب خود رنگ ہو چکے تھے۔

جب طبیعت مدافعت کا مورچہ بن جائے اور یہ ٹھن جائے کہ شادی کا نوٹس ہی نہیں لینا۔ کوئی جتنا کہے اتنا عملی اور عقلی دونوں طرح سے مقابلہ تو پھر۔ اپنی پوجا کرنے والی لڑکی دوسرے کا بت تو نہیں پوجتی۔ شیریں جب قصر شیریں سے جھانکے ہی نہ تو فرہاد تیشہ لیے کوہکنی کے لیے کیوں حاضر ہو! پتھر کچھ دیر پڑا رہے تو بھاری ہو کر جم جاتا ہے۔ انسان اوپر سے ہو کر گزر جاتا ہے۔ ڈھور ڈنگر ٹھوکر مارتے ہیں۔ کتا زیادہ سمجھداری دکھاتا ہے۔ موت کر گزر جاتا ہے۔

اپنے اوپر شباب میں کون عاشق نہیں ہوتا۔ لڑکیاں زیادہ ہوتی ہیں۔ پھر کچھ دیر بعد جی چاہنے لگتا ہے کہ اس عاشقی میں کسی اور کو بھی شامل کر لیں۔ عاشق بنیں معشوق۔ جل کر یا جلا کر ایک طرح سے لطف آنے لگتا ہے مگر یہ کھیل لمبا نہ بنے تو اچھا ہے۔ ایک ماں

نے جب یہ دیکھا کہ آٹھویں جماعت کا لڑکا اپنی کاپی میں لڑکیوں کی تصویریں کاٹ کاٹ کر لگاتا رہتا ہے تو بڑی گھبرائی۔ ایک روز کاپی لے کر نفسیاتی معالج کے پاس پہنچی اور اس نے اپنی گھبراہٹ کا ذکر کیا۔ کاپی دیکھ کر نفسیاتی معالج بولا، "محترمہ گھبرانے کی بات نہیں۔ یہ تو صحت مند نشانی ہے۔ اگر لڑکا لڑکیوں کی بجائے لڑکوں کی تصویریں کاپی میں لگاتا تو پریشانی ہو سکتی تھی۔"

دراصل انسان کو بنتے اور بگڑتے ہوئے کون دیکھتا ہے۔ اس کی شخصیت کی بھٹی میں کیا کیا کچرا آکر گرتا ہے اور پگھل کر جذب ہو جاتا ہے۔ یہ کس کو دیکھنے کا حوصلہ ہے۔ مرد عورتوں سے نفرت کرنے لگتے ہیں۔ عورتیں مردوں سے۔ دونوں کے فیوز کیوں اس طرح اُڑ جاتا ہیں کہ تار جوڑنے مشکل ہو جاتے ہیں۔ بختیار نے کتنا چاہا کہ سلیمہ سے شادی ہو جائے۔ تنگ آکر وہ اسے گھر لے گئی کہ اب کم بخت بھاگے گا مگر سلیمہ کی چال کامیاب نہ ہوئی۔ وہ چمٹا رہا۔ آخر سلیمہ نے انکار کرنے کی گردان شروع کر دی۔

کسی کو سمجھ میں نہ آتا تھا کہ وہ عمر کس کے لیے بتا رہی ہے۔ شکل کی پری ہوتی تو بات سمجھنے میں آسانی تھی کہ خوبصورت شہزادے کا انتظار کیا جا رہا ہے۔

کئیوں کا خیال تھا سلیمہ کا مزاج بگڑ گیا ہے۔ بڑوں بڑوں کی بیٹیاں اس کے ساتھ رہیں۔ جو اپنے منصب کے مطابق ٹھنا ٹھن بیاہی گئیں۔ معمولی شکل کی یہ بگڑی مزاج بھی اب ان جیسا ٹھنا ٹھن رشتہ چاہتی ہے۔

بعض لڑکیوں پر تو عاشق ہو جانے کو جی چاہتا ہے۔ بعض کے ہاتھ صرف خط بھیجنے کو جی چاہتا ہے۔ سلیمہ کو بھی خط لے جانے والی کنواریوں میں شامل کر لیجیے۔ اسے کنواری کہلانے میں بڑا لطف آتا، جیسے خلا سے نکل کر وہ چاند پر اُتر جائے اور قدموں کے نیچے چندا کی دھول اڑنے لگے۔

"عورت کی شخصیت تو شادی کے بعد ختم ہو جاتی ہے۔" یہ بھی اس کی ایک دلیل تھی جو اس نے عورتوں کے رسالے سے اخذ کر رکھی تھی۔ اگر کوئی کہتا کہ عورت کی اہمیت تو شادی کے بعد بڑھتی ہے تو وہ نین مٹکا کر ہونٹوں پر زبان کی تری پھیرتی اور کہتی، "میں نہیں مانتی۔"

بوتیق شاپ کا علی بھائی کہتا، "ام بولتا ہے اس چھوکری کا کوئی پرزہ ڈھیلا ہے۔ ڈھیلے کا کام نہیں کرتی۔ واؤچر کاٹنا بھی نہیں آتا۔ سیلز گرلز کو کام نہیں کرنے دیتی۔ بار بار اپنے پاس بٹھا لیتی ہے۔ ام سیٹھ کو بولتا ہے۔ وہ سنتا ہی نہیں۔"

سیٹھ کیا سنے گا۔ سیٹھ کے ساتھ جس نے مل کر بوتیق شروع کی، اس کی سفارشی لڑکی تھی۔ معمولی نوکری کے بعد بوتیق شاپ کا ستھرا ستھرا ماحول ملا، جہاں بیگمات سے ملاقات ہونے لگی۔ ان کے سامنے بچھتی جاتی۔ چائے پوچھتی۔ وقت بے وقت چوکیدار کو ٹپ کرتی۔ کیشیر کے بیوی بچوں کا حال احوال پوچھتی۔ سیلز گرلز کو گرم پکوڑے اور سموسے کھلاتی۔ اس فضا میں سلیمہ نے اپنے بھائی کی شادی کے دعوتی کارڈ بانٹے۔ سیلز گرلز چوکیدار کیشیئر تو پہنچے۔ علی بھائی بھی شریک ہونے کو چلے گئے۔

"بھائی یہ چھوکری جب دعوتی کارڈ لے آئی، اس طرح منت خوشامد کرنے لگی کہ ہم کیا بولتا، آنا پڑا۔"

"یہ پکی پیٹھی چھوکری ہے۔"

ارے بھائی لوگ ادھر چھوکری بولتا ہے۔

عورتوں میں بھاری کام کے دوپٹے، غرارے، ساڑیاں، بیل باٹم، ٹیونک، میکی، ٹراؤزر سوٹ لباس کی نوع بہ نوع دھکم پیل۔ اس دعوت میں سلیمہ کی عروج سے ملاقات ہوئی۔ چھوٹے کمرے میں سلیمہ اپنے ملنے والوں میں میٹھی گولیاں بانٹ رہی تھی۔

سلیمہ کے ہیئر پیس کی ایک زلف اس کے کان کے پاس لہرا رہی تھی۔ جب وہ اٹھنے لگی تو عرج نے ہاتھ بڑھا کر وہ زلف ٹھیک کر دی اور کان میں کہا آپ بہت اچھی لگ رہی ہیں۔ دونوں آنکھوں میں مٹھاس بھر گئی۔ اس کے بعد سلیمہ جہاں جاتی عروج وہاں پہنچ جاتی۔ سلیمہ شیشہ کے سامنے کھڑی اپنی ساڑی ٹھیک کرنے لگی۔ عروج آ پہنچی۔

"میں بھی ٹھیک کر لوں؟"

"کیوں نہیں ضرور۔"

"آپ کی بلاؤز بہت عمدہ سلی ہے۔"

"کیسے؟"

"میں بتاتی ہوں۔ دیکھیے نا۔۔۔" عروج نے بلاؤز کی گوٹ کو چھوا۔ پھر جیسے انجانے میں سلیمہ کے ننگے پیٹ پر انگلیاں کچھ پھسلیں، کچھ رینگ گئیں۔ "نہ بہت اونچی ہے نہ بہت نیچی ہے۔ بالکل جہاں ہونی چاہئے۔۔۔" پھر عروج بولی، "میری بلاؤز دیکھئے۔ ذرا نیچی سلی ہے نا؟" بلاؤز کو اپنی ننگی ناف سے کافی اوپر کھینچتے ہوئے وہ بولی، "دراصل یہاں ہونی چاہیے تھی۔ کیا خیال ہے آپ کا؟"

"میرا خیال ہے آپ کا پیٹ بہت خوبصورت ہے۔" عروج نے ہنس کر سلیمہ کو اپنے ساتھ لپٹا لیا۔

مہمان رخصت ہونے کا وقت آیا تو عروج سلیمہ کا ہاتھ اپنے ہاتھ میں لے کر بولی، "میری خوش قسمتی ہے کہ اس تقریب میں آپ سے دوستی ہوگئی۔ میں رخصت پر آئی ہوئی تھی۔ میں ٹیچنگ لائین میں ہوں۔ آپ بوتیق میں ہیں۔ اپنا ٹیلی فون نمبر دے دیجئے۔ جانے سے پہلے آپ سے مل کر جاؤں گی۔"

"ضرور مل کر جائیے۔"

"ہائے آپ تو اتنی اچھی ہیں۔ میں ملے بغیر کیسے جاسکتی ہوں۔"

سلیمہ کی خود پرستی کے خشک پرزوں میں ٹھنڈی پیپر منٹ ٹپک گئی۔

علی بھائی بوتیق شاپ میں کہہ رہا تھا، "یہ رونگ ہے، اپنی چھوکریوں پر ایک دم سختی کرتا ہے۔ بھائی، ام صرف کام مانگتا ہے۔ اپنی بھوؤں کے سارے بال نوچنے سے چھوکری کو تکلیف نہیں ہوئیں گا۔ کام کرنے سے تکلیف ہوئیں گا۔ تم عجب مشخری کی بات کرتا ہے۔ ہیلو۔ بوتیق شاپ۔ کون بولتا ہے۔ ہولڈ آن کریں۔ ابھی بلائیں گا۔"

اس نے چپراسی سے کہا، "سلیمہ کو بولو، اس کا فون ہے۔"

سلیمہ فون پر باتیں کر کے چلی گئی تو علی بھائی نے کہا، "دیکھو، اس چھوکری نے اس کو بولا ہے آجاؤ۔ اب کام ایک دم بند۔ ایک گھنٹہ باتیں ہوئیں گا۔"

اندازہ صحیح تھا۔ پہلے چپراسی چائے اور سموسے لایا۔ پھر پان آئے۔ پھر سگریٹ آئے۔ ایک گھنٹہ بعد عروج کمرے سے باہر نکلی۔ سلیمہ ٹیکسی میں بٹھانے کے لیے سڑک تک گئی۔

"آپ کی مدارات نے میرا دل موہ لیا ہے۔ میں آپ کو خط لکھوں تو جواب کی توقع رکھوں؟"

"آپ خط لکھیں تو مجھے خوشی ہوگی۔"

چند خط آئے۔ پھر نہ آئے۔ کوئی پون سال بعد ایک پرچہ آیا۔ آپ کو شاید یہ جان کر خوشی ہو کہ میری تبدیلی آپ کے شہر میں ہوگئی ہے۔ بس اب لمبی غٹرغوں ہوگی۔

سلیمہ کے پاس کوئی نہ کوئی مرد بیٹھا ہوا ہوتا تھا۔ عروج سوچتی یہ ابھی دفان ہوگا تو اور آجاتا، پھر کوئی اور آجاتا۔ عروج نے فون پر کہا، میں محبت کی ماری تمہاری بوتیق شاپ پر خاک آؤں۔ وہاں تو تمہارے ایڈمائیر بیٹھے ہوتے ہیں، جن سے مجھے شرم آتی ہے۔

دراصل مجھے ان سے جیلسی ہو گئی ہے۔

سلیمہ خوش ہو کر بولی، "تم گھر آؤ نا، سب تمہیں یاد کرتے ہیں۔ میرے ماموں، میرے والد، میری والدہ، وہ سب تم سے اتنا پیار کرتے ہیں۔"

سلیمہ محض عروج کو خوش کرنے کے لیے سفید جھوٹ بول رہی تھی۔ ہائے کتنے اچھے ہیں اس کے بھائی، اس کے ماموں، اس کے والد، اس کی والدہ، سب مجھ سے اتنا پیار کرتے ہیں۔ کچھ دیر بیٹھی گولیاں چوستی رہے گی اور سلیمہ کے پیار محبت کا سلو پائزن رگ رگ میں سرایت کرتا رہے گا۔ کیا وارداتِ دل میں طریق واردات کوئی اہمیت نہیں رکھتا۔ جرم میں جب طریق واردات محقق تو کیا جرم محبت میں کوئی طریق واردات نہیں؟ زبان کا یہ چرب طریق واردات ہی تھا۔ سب مجھے مانیں۔ میں سب کی چہیتی ہوں۔

گھر کے سب فرد عروج کے سامنے بچھتے چلے جارہے تھے محض اس لیے کہ وہ سلیمہ کی دوست تھی۔ نوکری پیشہ کماؤ تو وہ بھی تھی مگر اس کے گھر والے اس کے ملنے والیوں کے سامنے اس طرح تو فرشِ راہ نہ ہوتے تھے۔ اسے شک پڑا، شاید کوئی مرد اس میں دلچسپی لے رہا ہے۔ گھر کے مردوں کی نگاہیں میں جھانکا، وہ کرن جو محبت کرنے والے کی نگاہ میں ہوتی ہے، وہ کسی کی آنکھ میں نہ تھی۔ فقط بجھی بجھی سوئی سوئی آنکھیں۔

ایک دن سلیمہ نے محسوس کیا، عروج کا کسا کسا پیٹ توند بن کر جرسی میں سے دکھائی دے رہا تھا۔ عروج نے دیکھا، سلیمہ کا پچھواڑہ بھاری ہو چلا تھا، جس کی وجہ سے اس کی رفتار پر اثر پڑ رہا تھا۔

"میں سگریٹ پینا چاہتی ہوں۔ اب تمہارے کمرے میں کوئی آئے گا تو نہیں؟"

"بے تکلفی سے پیو۔"

عروج نے سگریٹ کی ڈبیا لی اور دیا سلائی جلائی اور سگریٹ پینے لگی۔

"تم جس طرح نفاست سے سگریٹ پیتی ہو، بہت کم کو میں نے اس نفاست سے سگریٹ پیتے دیکھا ہے۔"

عروج مسکرائی۔ پھر ٹھنڈی سانس لی، "میں نے اپنے اِن لاز سے سگریٹ پینا ہی تو سیکھا۔"

میں تو تمہیں کنواری سمجھتی تھی۔"

ایک سال بعد کہانی ختم ہو گئی تھی۔ میں کنواریوں سے کم تو نہیں۔ کسی روز میرے یہاں آؤ تو ساری داستان سناؤں۔

سلیمہ باہر چھوڑنے گئی۔ جسم کپکپایا۔ چند چھینکیں آئیں۔ عروج کی طرف جس روز جانا تھا، اس روز بخار سے پھنک رہی تھی۔ عروج تھرمامیٹر لگاتی، دوا پلاتی، گرم دودھ کے چمچے حلق میں اتارتی۔ سر دکھتا، سر دباتی۔ کمر دکھتی کمر دباتی۔ ٹانگوں میں درد اٹھتا ٹانگیں دباتی۔ پورے آٹھویں دن بخار ٹوٹا۔ سلیمہ کے والد نے کہا، "رات کو جاتی ہو، صبح آجاتی ہو، ایسی ہمدرد لڑکی تو کوئی ہوتی ہوگی"۔ سلیمہ کے گھر والوں کے دل میں گھر کر گئی۔

بلّی کھڑکی کی جالی کے ساتھ منہ لگائے بیٹھی باہر دیکھ رہی تھی۔ سامنے کوارٹر تعمیر ہو رہے تھے۔ ایک گراج پر عشق پیچاں کی بیل چڑھی ہوئی تھی۔ اس میں دُھنیا بیٹھا روئی دھن رہا تھا۔ عروج اور سلیمہ گاؤتکیے کا سہارا لیے بیٹھی تھیں۔ عروج کی آواز کسی اندرونی غم سے بوجھل تھی۔ وہ اپنی ناکام شادی کا قصہ لپیٹ رہی تھی۔ اس کی آنکھوں میں آنسو آتے اور سوکھ جاتے۔ ڈھلک آتے تو سلیمہ ہمدردی سے اپنے دوپٹے کے پلو سے پونچھ دیتی۔ عروج نے سلیمہ کا ہاتھ پکڑ کر سینے پر رکھ لیا، "میرا دل کس طرح دھڑک رہا ہے۔ میرا ہاتھ کس طرح کانپ رہا ہے۔"

سلیمہ اس کا ہاتھ اپنے ہاتھ میں لے کر دبانے لگی۔

"میں نے اپنی رام کہانی سنا کر تمھیں پریشان کیا؟"

"قطعاً نہیں۔۔۔ ایسی دولخت زندگیاں گھر گھر موجود ہیں۔"

"ٹھیک کہتی ہو۔ میں جسے اماں جی کہتی ہوں، جو باہر بیٹھی چائے بنا رہی ہے، میری دور کی رشتہ دار ہے۔ ساری عمر شوہر نے آباد نہیں کیا۔ ایک دفعہ جب چائے خراب بن جائے تو دوسری دفعہ پیاز والا ہاتھ لگ جاتا ہے، تیسری دفعہ دھوانکی جاتی ہے۔ شروع میں درزی سے کپڑا خراب ہو جائے تو پھر لاکھ جتن کرے، ٹھیک کرے ٹھیک نہیں ہوتا۔ شادی ٹھیک ہو جائے تو ہو جائے، کسر رہ گئی تو رہ گئی۔ بس اس طرح مجھے مرد سے نفرت ہو گئی۔ اپنی بلی کی طرح جو کھڑکی کی جالی سے لگ کر بیٹھی ہے۔ اس کو نر سے نفرت ہے۔ میں دھکے دے کر نکالتی ہوں۔ یہ الٹا میری گود میں خرخر کرنے لگتی ہے۔"

عروج اپنا ہاتھ بلی پر پھیرنے لگی جو کمر اکڑا اکڑا کر پیار لیتی۔ ہاتھ جب کمر سے دم پر جاتا تو وہ گردن جھکا کر پچھلے دھڑ کو اٹھا لیتی جیسے اس کا سارا وجود سپردگی کی آگ میں جل جانا چاہتا ہو۔ پھر وہ بلی کو گود میں لے کر بیٹھ گئی۔ بلی خرخر کرنے لگی اور کچوں میں آئی ہوئی قمیص کے گوڈر کو اگلے پنجوں سے لتاڑنے اور دانتوں سے کچکچانے لگی۔

جب یہ ننھے ننھے پنجوں کی سوئیاں چبھوتی ہے تو میرے بدن میں کھچنپیاں پھوٹنے لگتی ہیں۔ ہٹ مانو بلی! وہ دیکھ اماں جی چائے لے آئیں۔ عروج نے بلی کو دونوں ہاتھوں سے اٹھا کر کھڑکی میں بٹھا دیا اور چائے کی طرف متوجہ ہوئی۔

سلیمہ نے کندھے پر آئے بالوں کو جھٹکا دے کر کہا، "کیک منگانے کی کیا ضرورت تھی؟"

"چندا، تم غسل صحت کر کے آؤ اور میں کیک بھی نہ منگاؤں؟ مجھے تو موتی چور کے لڈو منگانے چاہئیں تھے مگر موتی چور تم آپ ہو۔" اپنی تعریف سن کر سلیمہ کی آنکھوں

میں مٹھاس بھر گئی۔ اس نے گردن کو جھٹکا تو بال ماتھے سے ہٹ گئے۔

"تمہارا یہ جھٹکنا مجھے پھٹک دے گا۔"

عروج نے کیک کاٹ ڈالا، "سلیمہ! اگر تم سر کو دائیں بائیں جھٹکتے وقت ساتھ آنکھ بھی مار دو تو مرد تباہ و برباد ہو جائیں۔"

"عروج تمہاری شربتی آنکھیں، ان کے گرد ہلکی ہلکی سیاہی، ان میں آنکھ کا دمکتا موتی، نیچے چیک بونز (Cheek Bones) بھرے بھرے بازو، اپنی کشش کا پتا نہیں تمہیں؟"

عروج نے بازوؤں کی طرف نظریں گزاریں، اور پھر بیچ والے حصے کی طرف دیکھ کر بولی، "بس صرف بازو بھرے بھرے؟"

"نہیں چھاتیاں بھی رسارس۔"

"ہائے میں سنیما کیا پہن کر جاؤں۔ ساڑی یا ٹراؤزر سوٹ؟"

"ساڑی۔"

"ٹھیک ہے۔"

عروج چائے پینے کے بعد کمرے میں ساڑی باندھنے چلی گئی اور سلیمہ کھڑکی میں آکر کھڑی ہو گئی۔ اس نے بلی پر ہاتھ پھیرنا شروع کر دیا۔ پھر بلی کو اپنی گود میں لے کر بیٹھ گئی۔ بلی کچوں میں سر دے دے کر منہ سے خر خر کرنے اور پنجوں سے لتاڑنے لگی۔

عروج نے آواز دی، "سلیمہ! ذرا اندر آنا۔"

وہ شیشے کے سامنے صاف پٹی کوٹ پہنے دو کبوتروں کو اٹھائے کھڑی تھی۔ سلیمہ بولی، "اوئی۔ بیوٹی فل۔" عروج نے کسمسا کر منہ موڑا اور کبوتروں کو غلاف میں ڈال دیا۔ جب اس نے اپنی بھری بھری باہوں کو اٹھا کر بازو کٹی باڈز پہنی تو بلیڈ سے بار بار منڈھی

بغل کی کھال دکھائی دی، جس کی رنگت پر امن فاختہ کے سلیٹی پروں کی سی ہو چکی تھی۔ سلیمہ نے سر کو جھٹک کر بالوں میں کنگھی پھیری۔ اپنے پرس سے لپ اسٹک نکال کر ہونٹوں پر تہہ جمانے لگی۔ عروج نے ساڑی باندھ کر اپنے آپ کو آگے پیچھے سے دیکھ کر ننگے پیٹ سے کچھ ساڑی کھسکا دی۔ دنیا میں بدن کی شرم سب سے زیادہ ہوتی ہے۔ مگر اپنے آپ کو ظاہر کرنا آج کل سب سے بڑا فیشن ہے۔

ٹیکسی والے نے ایک جھٹکا دے کر اپنی گاڑی سنیما کے سامنے روک دی۔ عروج نے احتجاج کیا، "ڈرائیور صاحب! آپ اس طرح گاڑی روکتے ہیں؟ اس جھٹکے سے تو بچہ بھی ضائع ہو سکتا ہے۔ آپ کو معلوم ہے ہم دونوں پیٹ سے ہیں۔"

"معافی چاہتا ہوں بی بی۔"

"توبہ توبہ!" سلیمہ نے اپنے ہونٹ کاٹ لیے۔ سیڑھیاں چڑھتے وقت بولی، "روحی جی! تم آج بہت فارم میں ہو۔" عروج اور کھل اٹھی، "تفریح ہو جانی چاہیے کبھی کبھی۔ اس طرح ہنس بول لینے سے غموں کا بوجھ ہلکا ہو جاتا ہے۔"

فلم دیکھنے کے بعد دونوں اداس ہو گئیں۔ سلیمہ ٹیکسی سے اترتے وقت بولی، "تمہارے ساتھ آج اچھی گپ شپ رہی۔"

"جو رہی سو رہی، اب گھر جا کر تو بستروں پر پڑ رہوں گی۔ میری تنہائی کا بھی خیال کرو۔"

"یعنی کوئی رشتہ؟"

"ڈھونڈو نا پھر۔۔۔"

"علی بھائی کیسا ہے۔ تمہارا پوچھتا رہتا ہے۔"

"مجھے کب انکار ہے۔"

رات بھر باہر والے کواڑ کے ساتھ لگ کر نر بلاّ زور زور سے روتا رہا۔ اور بلی عروج کی گود میں خر خر کرتی رہی۔ صبح ناشتہ دیتے وقت اماں جی نے کہا، "تم فلم دیکھنے چلی گئی تو یہ بلا آکر اسی طرح روتا رہا۔ میں نے بلی کو دو دفعہ باہر پھینکا مگر ان دونوں بار یہ مردار اندر بھاگ آئی۔"

چند روز بعد سلیمہ کی ماں نے کہا، "پڑوسیوں کی شادی ہے۔ دو دن کے لیے دو کمرے مانگ رہے ہیں۔ ایک تیرے والا سلیمہ اور دوسرا ساتھ والا۔"

عروج انکساری اور ہمدردی کا پیکر بن کر بولی، "تو سلیمہ میری کٹیا میں دو دن رہ لے گی۔"

سلیمہ کی ماں نے جواب دیا، "اتنے اچھے کمروں کو تم کٹیا کہتی ہو۔"

"تو ٹھیک ہے امی، میں اپنی چیزیں الماری میں رکھ کر تالہ لگا دوں گی۔"

شادی والے گھر ڈھولک بجنے لگی۔ مہمان اُترنے لگے۔ مکان پر بتیوں کی جھالریں لٹکنے لگیں۔ مہندی کی رسم پوری ہو چکی تو چاند سورج کی جوڑی ہاتھ میں ہاتھ ڈالے ایک کار میں سوار ہو کر عروج کے گھر جا اترے۔ عروج نے کہا، "سلیمہ تو غرارے میں سب سے اچھی لگ رہی تھی۔ تمہارے پچھواڑوں نے غرارے کو اس طرح بھر دیا ہے جیسے اس میں انڈیلے گئے ہوں۔" اس نے سلیمہ کے پچھواڑے پر زور سے چٹکی بھری۔ وہ "اوئی" کر کے اٹھلائی اور بولی، "مجھے یہاں نہ چھیڑو۔"

پھر اماں جی کو حنا بندی کی باتیں سنا کر وہ اندر چلی گئیں اور پلنگ پر بیٹھ کر شادی والے گھر مہمان اترنے والی عورتوں پر رائے زنی کرنے لگیں۔ عروج سگریٹ سلگا کر نیم دراز ہو گئی۔ ایکا ایکی اس کا چہرہ اُداس ہو گیا۔ سلیمہ سر جھٹک کر بولی، "روحی جی! اُداس کیوں ہو گئی ہو؟ کیا اپنی بیاہ والی رات یاد آ رہی ہے؟"

عروج چپ رہی۔ سلیمہ نے پھر کہا، "گورو مہاراج کیا ہو گیا ہے؟"

عروج نہایت رنجیدہ لہجہ میں ہونٹ بھیچ بھیچ کر بولی، "چندا تم نے مجھے اس طرح جھڑک دیا ہے کہ میرا دل مغموم ہو گیا ہے۔"

"میں نے کب جھڑکا؟"

"مجھے یہاں نہ چھیڑو، تم نے اتنی سختی سے کہا ہے کہ میرا دل ٹکڑے ٹکڑے ہو گیا ہے۔"

"مجھے بتاؤ، تمہارا دل کہاں ہے؟"

"یہاں۔"

سلیمہ نے اپنے ہاتھ کا کٹورہ اس کے دل پر رکھ دیا، "یہ تو ثابت ہے، کہاں ہے ٹکڑے ٹکڑے؟"

عروج کچھ سن کر کچھ بن کر بولی، "اس گھلاوٹ سے دیکھتی ہو کہ تمہارے سامنے کپڑے اتار دینے کو جی چاہتا ہے۔"

سلیمہ نے کھانس کر منہ دوسری طرف کر لیا اور بولی، "وہاٹ اے کامپلی منٹ؟"

"اور نہیں تو کیا۔" عروج نے ختم ہوتے سگریٹ کا آخری کش لے کر مسل ڈالا۔

سلیمہ اٹھ کر اپنی اٹیچی میں سے شلوار نکال کر اس میں ازار بند ڈالنے لگی۔

"شلوار پہنو گی؟"

"ہاں!"

"مجھ سے نائٹی لے لو۔"

آبادی میں گھومنے والے چوکیدار کی آواز آئی، "جاگتے رہنا۔" یہ سن کر عروج پلنگ سے اٹھ بیٹھی اور بولی، "کیا اتنی رات ہو گئی؟" پھر بستر کی سلوٹوں کو ہاتھ سے درست

کر کے بولی، "دیکھو اماں جی نے تمہارے لیے فالتو تکیہ اور چادر بھی رکھ دی ہے۔" پھر وہ ساتھ والے کمرے میں جا کر کپڑے تبدیل کرنے کے ساتھ ساتھ باتوں کا تبادلہ بھی کرتی رہی۔

"تمہاری بوتیق میں Nighties بڑی Exciting ہونی چاہئیں۔"

اپنا غرارہ اُتارتے ہوئے سلیمہ نے کہا، "ایک سے ایک اچھی ہیں۔ پرائز بھی زیادہ نہیں۔"

اندر سے عروج نے مشورہ دیا، "اگر مجھے ماڈل گرل رکھ لو تو کیا برائی ہے؟"

غرارہ تہہ کرتے ہوئے سلیمہ نے جواب دیا، "یہ تو اچھائی ہے۔"

عروج آئینہ میں اپنا سراپا دیکھ کر بولی، "ہائے میں بڑی اچھی لگ رہی ہوں۔"

سلیمہ نے پلنگ پر بیٹھنے سے پہلے کہا، "کون کہتا ہے تم اچھی نہیں ہو!"

نائٹی کو عروج اپنے اوپر فٹ کر کے بولی، "سچ کہتی ہو؟"

سلیمہ جو اتنی دیر میں پلنگ پر بیٹھ چکی تھی، بولی، "تبھی تو وہ لڑکا تمہیں بار بار دیکھتا ہے، میں نے تمہیں کہنی ماری تھی۔"

"وہ IDIOT شیخ چلی کا بیٹا لگتا تھا۔"

جب نائٹی پہن کر عروج آئی، سلیمہ پلنگ پر بیٹھی اوپر لینے کے لیے چادر کھول رہی تھی، بولی، "شیخ چلی کا بیٹا کیوں؟"

"سوچتا ہوگا یہ مجھ پر مر مٹے گی۔ میں اس کو بوتل کی طرح اپنی ہپ پاکٹ میں ڈال لوں گا۔ جب چاہا چکھ لیا۔ مرد کی ذات اپنے آپ کو سمجھتی کیا ہے۔" یہ کہتے کہتے پلنگ پر چڑھ کر سلیمہ کی چادر میں گھس گئی۔

"سلیمہ مرد کی ذات سے تمہارا بھی واسطہ پڑتا ہے۔ تم تو بہتر جانتی ہو کہ انھیں

اگر نچایا جائے تو بندر سے اچھا ناچ سکتے ہیں۔"

سلیمہ بولی، "روحی جی! تم نے خوب کہا۔"

چندا جب تم عروج کو روحی جی کہتی ہو تو تمہارا منہ چوم لینے کو جی چاہتا ہے۔" عروج نے یہ کہہ کر سلیمہ کے رخسار چٹاخ چٹاخ چوم ڈالے۔ سلیمہ نے اپنے آپ کو کم پڑتا محسوس کیا اور اس کچھ کو پورا کرنے کے لیے یہی کہہ سکی، "ہائے! کیا تم مجھے اتنا چاہتی ہو؟"

عروج نے اپنے ساتھ لپٹا کر کہا، "اس سے بھی زیادہ۔"

شکریہ کے طور پر سلیمہ نے عروج کی ٹھوڑی پر بوسہ دے کر کہا، "گڈ نائٹ۔"

عروج نے سلیمہ کے ہونٹوں کو زور سے چوما اور مٹھار کر بولی، "ہیپی ڈریمز۔" سلیمہ نے اپنے اوپر چادر کھینچ کر کروٹ لے لی۔ عروج نے تکیہ کو مروڑ کر اپنے سر کے نیچے رکھا۔ دوسری طرف کروٹ لے کر آنکھیں بند کر لیں۔ پاؤں کے ساتھ لگی بلی کی خر خر عروج کو اچھی نہ لگی۔ اس نے اٹھ کر کھڑکی کھولی اور بلی کو باہر پھینک دیا۔

غسل خانے میں جلنے والے بلب کی ہلکی ہلکی روشنی آتی رہی اور پھر کبھی دور نزدیک سے چوکیدار کی آواز "جاگتے رہنا" سنائی دیتی رہی۔ عروج کے جسم و ذہن پر جو خیال حاوی تھا، اسے وہ عمل میں بدلنا چاہتی تھی، مگر اس خوف کے مارے کہ سلیمہ سے کہیں بگاڑ نہ ہو جائے، وہ اس خیال کو دور پھینک دیتی تھی۔ پھر اسی خیال کا ریلا آکر اس کے ارادے کی قوت پر ٹھونگیں مارنے لگتا۔ بہت دیر اسی طرح کے سوتے جاگتے کی کیفیت میں رہنے کے بعد اس نے سلیمہ کو اپنے سینے کے ساتھ لگا لیا۔ جب اسے یقین ہو گیا کہ سلیمہ نچنت سو رہی ہے تو اس نے اس کے رخساروں کو چوما۔ ٹھوڑی پر بوسہ دیا۔ لبوں پر زبان کی نوک رکھی تو سلیمہ نیند میں بڑبڑائی۔

عروج کو لگا جیسے چاند پر اترنے والی تھی کہ پھر خلا میں گھومنے لگی۔ وہ احتیاط سے برساتی کینچوئے کی طرح ملائم سے ملائم نشیب و فراز پر رینگ گئی۔ کوئی مدافعت نہ ہوئی تو اس کا ہاتھ یقین کی طرح سخت ہوتا چلا گیا مگر اسے جیسے کسی کمی کا احساس ہو رہا تھا۔ وہ سلیمہ کے حساس حصوں کو ٹٹولنے لگی۔ جب اس کی انگلیاں کمر کے اتار سے نیچے فانوس سے چھوئیں تو سلیمہ ایک دھماکے سے تڑپ اٹھی۔ وہ اب سمجھی کہ سلیمہ نے کیوں کہا تھا، مجھے یہاں نہ چھیڑنا۔ اسے سب راہیں منہ زبانی یاد تھیں۔ وہ خوش ہو کر نشیب کی طرف اتر گئی۔ سلیمہ نے ٹانگوں کو پھیلا کر سکیڑ لیا جیسے تڑ تڑ بخیے ادھیڑنے لگے ہوں۔ پھر پنڈے کی نسیں سنسناہٹوں سے گرم ہو ہو کر ایک دوسرے کو اس طرح جکڑنے پکڑنے لگیں کہ سلیمہ ٹانگوں کی قینچی بنا کر عروج کی کمر پر اپنی ایڑیاں مارنے لگیں اور منہ سے "روحی جی" کی تکرار کا رس ٹپکانے لگی۔

سنکی ہوئی روٹی کتنی دیر میں ٹھنڈی ہوتی ہے، روحی جی جانتی تھی۔ وہ سلیمہ کے سر کو اپنے سینے پر رکھ کر شہتیر کی طرح پلنگ پر لیٹ گئی اور سلیمہ کے بالوں میں بڑے پیار سے دھیرے دھیرے انگلیاں پھیرنے لگی۔ پھر اس کے پنجے کو اپنی چھاتی پر رکھ کر بولی، "اب تو عروج بن۔"

اس کا اندازہ صحیح نکلا۔ جس چھل بل کے ساتھ سلیمہ اُچھل کر کام میں لگ گئی، اس کے پیچھے کافی انڈر ورلڈ معلوم ہوتی تھی۔

ڈاک میں سلیمہ کا صرف ایک خط تھا جسے پڑھ کر اس نے پرس میں رکھ لیا۔ پھر اخبار میں آدھی اور پوری ننگی لڑکیوں کے فلمی اشتہار دیکھ کر اٹھی اور جا کر غسل خانہ کے آئینہ میں اپنا عکس دیکھنے لگی۔ کھڑکی میں اس نے دیکھا باہر بوندا باندی ہو رہی تھی اور عروج چھتری لگائے ٹراؤزر سوٹ پہنے اس کے دفتر کی طرف آ رہی تھی۔

"کیوں ؟ کیسے ؟"

"دل نہیں لگا۔ چھٹی لے آئی ہوں۔ چلو کسی ہوٹل میں چل کر چائے پئیں گے، تم بھی چھٹی لے لو۔"

"دفتر کی حجت تو پوری کرلوں۔ تھوڑی دیر بیٹھو۔"

تھوڑی دیر بعد وہ بھی چھٹی لے کر آئی اور بولی، "چلو۔"

دونوں ریستوان کے کیبن میں بیٹھی چائے پی رہی تھیں۔ عروج نے کہا، "میں تو پہلے دن ہی تم پر ریجھ گئی تھی۔"

سلیمہ نے پوچھا، "اتنی دیر کیوں لگائی؟"

"کوئی موقع ملتا تو اظہار محبت کرتی، ویسے دل میں ڈرتی بھی تھی۔"

"اب تو میں سو راستے نکال کر تم سے ملوں گی۔" سلیمہ نے آنکھوں میں مٹھاس بھر کر عروج کی طرف دیکھا تو عروج نے اسے اپنے ساتھ لپٹا لیا۔ "تمہارے پاس اتنی ساری ہیں، کوئی ایسی نکالو جس پر میں اور تم ایک ساتھ درک کر سکیں۔"

"ذرا سوچ لینے دو۔ میرے خیال میں شمسی ٹھیک ہے چلو اس طرف چلیں۔"

عروج نے خوش ہو کر زور سے اس کا گال چوم لیا اور پھر اپنی ہی لپ اسٹک کا نشان اس کے گال سے پوچھنے لگی۔ سلیمہ نے آئینہ دیکھنے کے لیے پرس کھولا تو لفافہ نظر پڑا۔ اس نے عروج کے ہاتھ میں دے دیا اور خود اپنے گال پر لگا نشان آئینہ میں دیکھ دیکھ کر مٹانے لگی۔ عروج خط پڑھنے لگی۔

"سلیمہ ڈیئر! پتا نہیں تم اس وقت کیا کر رہی ہو گی۔ ہماری اس وقت بریک ہوئی ہے۔ سینک بار میں لنچ کھا چکا ہوں اور تمہیں خط لکھ رہا ہوں۔ اگر برا نہ مانو تو اپنی ایک تصویر بھیج دو۔ میں اسے اپنے کمرے کے آتش دان پر سجاؤں گا۔ تمہیں یہ سن کر خوش

ہو گی کہ یہاں میری تنخواہ پاکستانی سکے کے مطابق تین ہزار روپے ہے۔ ہم ریگستان میں جو حدِ نظر تک پھیلا ہوا ہے، نو نو دس دس گھنٹے کام کرتے ہیں۔ تمہاری یاد تھکنے نہیں دیتی۔ میں پوچھتا ہوں تم کس وقت کا انتظار کر رہی ہو۔ کیا اس وقت کا جب تمہارا کوئی بال سفید ہو جائے گا۔ بتاؤ کیا تم اس وقت تک کسی کی ہو چکی ہو؟ تمہارا، انیس۔"

خط پڑھ کر عروج نے سلیمہ کو اپنے ساتھ لگا لیا اور مٹھا کر بولی، "اس احمق کو لکھ دو کہ تم میری ہو چکی ہو۔"

سلیمہ نے کہا، "اس کو کون کافر جواب دیتا ہے۔" پھر سلیمہ کے دو آنسو ٹپ ٹپ نیچے گرے۔

"ہیں۔ یہ کیا؟"

عین اسی وقت بیرا بل لینے اندر داخل ہوا، جب سلیمہ کو اپنی بغل میں لیے عروج اپنے رومال سے اس کی آنکھیں پونچھ رہی تھی۔ مردانہ جذبات سے سرشار تھی۔ اس نے بالکل مردوں کی طرح حکم دیا، "بیرا! ایک ٹیکسی پکڑو، ہمیں اسی وقت شمسی کی طرف جانا ہے۔"

Ref.: caarwan.com

***

گولڈ فش

فرحت پروین

وہ کسی بے روح لاشے کی طرح بالکل سیدھی لیٹی ہوتی۔ صرف وقفے وقفے سے جھپکتی پلکیں اس کے زندہ ہونے کا پتہ دیتیں۔ وہ شاذ ہی کروٹ کے بَل لیٹتی یا کروٹ بدلتی۔ کم از کم شازینہ نے اسے کبھی پہلو کے بل لیٹے نہیں دیکھا تھا۔ وہ جب بھی اس کے پاس گئی اُسے یونہی مردوں کی طرح بے حس وحرکت لیٹے ہوئے پایا۔

وہ ایک آرام دہ پرائیویٹ کمرے میں مقیم تھی۔ اُس کے کمرے میں ہر سہولت موجود ہونے کے علاوہ روزانہ تازہ پھولوں کا گل دستہ بھی پہنچایا جاتا تھا۔ گل دستے کے پاس میز پر ایک بے حد خوبصورت جار میں ایک سنہری مچھلی بھی تھی جسے وہ اپنے ساتھ لائی تھی۔ وہ اکثر نظریں جمائے اسے دیکھتی رہتی۔ غالباً یہی اُس کی واحد تفریح تھی۔ وہ ایڈز کی مریضہ تھی اور اس کا نام ملیحہ تھا۔

ملیحہ پچھلے چھے ماہ سے اس ہسپتال میں زیرِ علاج تھی۔ اُس کی جسمانی حالت ابھی اتنی زوال پزیر نہیں ہوئی تھی جتنی کہ ذہنی حالت۔ اس لیے شازینہ کو جو ایک سائیکالوجسٹ تھی اُس کی سائیکو تھراپی کے لیے کہا گیا تھا۔ وہ روزانہ اُس کے پاس جاتی اور مختلف طریقے آزماتی۔ پانچ ماہ ہوگئے تھے اُسے اِس پتھر سے سر پھوڑتے مگر اس کی عدم تعاون کی پالیسی برقرار تھی۔ وہ اس کے ساتھ ہر نشست کے بعد دل پر بوجھ لیے اٹھتی۔

شازینہ کو اس عجیب و غریب مریضہ سے ہمدردی بھی تھی مگر اُس کا اِس قدر شدید رویہ کوفت بھی پہنچاتا۔ ایک روز شازینہ نے یہ سوچ کر کہ ممکن ہے ہسپتال کی فضا اس کے ذہن پر برا اثر ڈال رہی ہو، اُس نے اُسے مشورہ دیا کہ وہ اتنی بیمار ہر گز نہیں کہ اس کا ہسپتال میں رہنا ضروری ہو، وہ گھر رہ سکتی ہے۔ علاج کے لیے ہسپتال آتی جاتی رہے۔ مگر وہ ہسپتال میں ہی رہنے پر مصر رہی۔ اُس کی طویل اور مدلل تقریر کے جواب میں اُس نے کہا تو اتنا کہ اگر کبھی کسی دوسرے مریض کے لیے کمرے کی ضرورت ہو تو وہ یہ کمرہ خالی کر سکتی ہے ورنہ وہ یہیں رہنا پسند کرے گی۔

وہ اسے سمجھاتی کہ وہ خوش قسمت ہے کہ اُس کے پاس دولت ہے اور اُسے وہ انتہائی مہنگی دوا دی جا رہی ہے جس سے اگرچہ وہ مکمل طور پر صحت یاب نہیں ہو سکتی مگر اُس کی بیماری کے اثرات محدود ہو جائیں گے، اُس کی حالت مزید نہیں بگڑے گی۔ تحقیق جاری ہے۔ عین ممکن ہے آئندہ کوئی ایسی دوا بھی نکل آئے جس سے مکمل طور پر صحت یاب ہوا جا سکے۔ اُسے شکر کرنا چاہیے کہ وہ اس دوا کو خریدنے کی استطاعت رکھتی ہے جو عام آدمی کی دسترس سے باہر ہے۔

اُس کے پاس کافی پیسہ تھا جس کے لیے اُس نے وصیت کر دی تھی کہ اُس کی موت کے بعد ہسپتال کو عطیہ دے دیا جائے۔ ملیحہ، شازینہ کی ساری باتیں سنتی رہتی مگر کوئی جواب نہ دیتی۔ اُسی طرح بے حس و حرکت پڑی رہتی۔ اتنے مہنگے علاج کے باوجود اُس کی صحت روز بہ روز گرتی جا رہی تھی اور اِس کی وجہ اُس کا یہی رویہ تھا۔

ملیحہ کے دل میں جینے کی کوئی خواہش نہ تھی۔ شازینہ اُسے ترغیب دیتی کہ باہر موسم بہت اچھا ہے۔ بہت خوب صورت پھول کھلے ہیں۔ لان میں بیٹھ کر باتیں کرتے ہیں تو وہ ایک بے رُوح مسکراہٹ کے ساتھ کہتی۔ "شکریہ میں یہیں ٹھیک ہوں۔"

وہ بار بار اُسے اُس کے نام سے مخاطب کرتی تاکہ اُس میں اپنی شخصیت کا، اپنی شناخت کا احساس اُجاگر ہو۔ وہ اُسے بتاتی۔ "دیکھیں ملیحہ! آپ کو ہر وقت لیٹے رہنے کی، اتنے آرام کی ضرورت نہیں ہے۔ آپ نارمل زندگی بسر کر سکتی ہیں۔ اِس سے پہلے آپ کی جو بھی سرگرمیاں رہی ہیں انھیں جاری رکھ سکتی ہیں۔"

مگر جواب میں وہی مسکراہٹ ہوتی۔

پیشہ ورانہ تربیت اور ضبط کے باوجود شازینہ کی آواز میں تھوڑا اچڑچڑاپن آ ہی گیا تھا۔

"آپ سمجھتی کیوں نہیں، اِس طرح لیٹے رہنے سے آپ کی ہڈیاں نرم پڑ جائیں گی، کمزور ہو جائیں گی، جوڑ جم جائیں گے، پھر آپ سچ مچ نہیں چل پائیں گی۔ اِس طرح معذور ہونا آپ کو اچھا لگے گا؟"

اور جواب میں پھر وہی مسکراہٹ تھی۔

شروع شروع میں ملیحہ سے ملنے کافی لوگ آئے۔ لیکن اُس نے ملاقاتیوں سے ملنے سے انکار کر دیا بل کہ اُس نے آنے والوں کے نام تک بتانے سے روک دیا۔ صرف اُس کی ایک سہیلی جس کا نام سمن تھا، جو لڑ جھگڑ کر چلی آتی، اُس کے آنے پر ملیحہ معترض نہ ہوتی۔ مگر اُس کے ساتھ بھی اُس کا رویہ وہی رہتا۔

وہ کبھی پھول لاتی، کبھی کتابیں، مگر وہ اُنھیں آنکھ بھر کر دیکھتی تک نہیں تھی۔ وہ بے چاری رو دھو کر لوٹ جاتی مگر آنا نہ چھوڑا۔ پھر اُس کے شوہر کا کہیں تبادلہ ہو گیا اور وہ چلی گئی۔ وہ وقتاً فوقتاً ملیحہ کا حال دریافت کرنے کے لیے شازینہ کو فون کرتی رہتی تھی۔

وہ تو چلی گئی مگر شازینہ نے اپنی کوششیں جاری رکھیں۔ صرف ایک بات تھی جس سے شازینہ کو لگتا تھا کہ اُس میں شاید زندگی سے کچھ دل چسپی باقی ہے۔ وہ بہت سلیقے سے

اچھا لباس پہنتی اور کنگھی چوٹی سے بھی حلیہ درست رکھتی۔۔۔

"چلو ایک بات تو اچھی ہے کہ آپ خوش لباس ہیں اور خود پر توجہ دیتی ہیں۔"

وہ مسکرائی۔ "اچھا لباس تو میں اس لیے پہنتی ہوں کہ دیکھنے والے کی نظروں کو میرے اوٹ پٹانگ حلیے سے کوفت نہ ہو۔ میں نہیں چاہتی کہ میری ذات سے کسی کو ذرا سی بھی تکلیف پہنچے۔"

سمن نے شازینہ کو بتایا تھا کہ ملیحہ کو مطالعے کا بے حد شوق تھا۔ اُس کی ذاتی لائبریری میں بڑی نادر اور نایاب کتابیں تھیں اور گیتوں اور غزلوں کا کافی بڑا ذخیرہ بھی تھا۔ شازینہ نے سوچا، اگر وہ اِن مشاغل میں دوبارہ دل چسپی لینے لگے تو اُس کا دھیان بٹ سکتا ہے اور مثبت اثرات مرتب ہو سکتے ہیں۔ بات چھڑنے کی غرض سے اس نے ملیحہ سے کہا:

"مجھے یقین ہے کہ آپ جیسی نفیس خاتون کو مطالعے اور موسیقی کا ذوق بھی ہو گا۔ میرے پاس، اِن چیزوں کا اچھا ذخیرہ ہے۔ میں آپ کے ساتھ شیئر کر سکتی ہوں۔ آپ بھی ان سے محظوظ ہو سکتی ہیں۔"

"آپ کی پیش کش کا شکریہ، مجھے کسی چیز کی ضرورت نہیں۔" وہ پھر پتھر کی ہو گئی۔

شازینہ کو اُس سے ایک انسیت سی پیدا ہو گئی تھی۔ اُس کا شائستہ و ملائم لہجہ، اُس کی اُداس مسکراہٹ اُسے اچھی لگتی۔ ویسے بھی وہ خوش شکل تو تھی ہی۔ مگر اُس کا عدم تعاون اُسے تکلیف دیتا، وہ اُسے یوں مرتے دیکھنا نہیں چاہتی تھی۔ اُس نے پہلے سے بھی زیادہ لگن سے اپنی کوششیں تیز تر کر دیں۔ اِسی سلسلے میں اُس نے سمن سے کہا کہ چونکہ وہ ملیحہ کی بچپن کی دوست ہونے کے ناتے سب حالات جانتی ہے اگر وہ سب باتیں تفصیل سے اُسے لکھ دے تو شاید اُس سے ملیحہ کا رویہ جاننے اور اُس کا کوئی حل ڈھونڈنے میں کچھ مدد

مل سکے۔

شازینہ نے ہر وہ حربہ آزمانے کا فیصلہ کر رکھا تھا جس سے اُس کی سوچ میں تبدیلی ہو اور اُس کا رویہ بدلے۔ آج کی نشست میں اُس نے اُسے جھنجھوڑنے کے ارادے سے کہا۔

"ملیحہ! آپ کے دل میں جینے کی خواہش موجود ضرور ہے مگر آپ نے اسے حزن کی تہوں میں دبا رکھا ہے۔"

"یہ اندازہ آپ کو کیسے ہوا؟" وہ مسکرائی۔ وہی دھیمی اُداس مسکراہٹ!

"ہو سکتا ہے یہ بات آپ کے لاشعور میں ہو مگر ہے ضرور۔ یہ دیکھیے کہ آپ ہسپتال میں رہتی ہیں اگر ایسا نہ ہوتا تو آپ علاج کے لیے کیوں آتیں؟ ہسپتال میں کیوں رہتیں؟ کہیں بھی رہ سکتی تھیں۔"

شازینہ کی توقع کے خلاف وہ ایک دم یوں اٹھ کر بیٹھ گئی جیسے سپرنگ کا کھلونا۔ اُس کا چہرہ کسی اندرونی کیفیت سے تمتما رہا تھا۔ وہ چند لمحے بیٹھی رہی پھر آہستہ آہستہ لیٹ گئی اور اُس کے چہرے کا وہی خالی تاثر لوٹ آیا۔

چند لمحوں بعد اُس کی مدھم، شائستہ مگر بے تاثر آواز اُبھری۔ "آپ غلط سمجھ رہی ہیں شازینہ! ہسپتال تو میں اس لیے چلی آئی کہ کسی کے احسان کا بوجھ نہ اٹھانا پڑے اور سکون سے مر سکوں۔ میری اذیت کو طویل بنانے کی کوشش نہ کریں۔" اُس کے لہجے میں التجا تھی۔

شازینہ کا دل دُکھ سے بھر گیا۔ وہ کچھ بولی نہیں۔ بس اُس کا ہاتھ پکڑ کر دبایا اور اُٹھ کھڑی ہوئی۔

شازینہ دو روز طبیعت کی خرابی کی وجہ سے ہسپتال نہ جا سکی۔ تیسرے روز گئی تو پہلی اطلاع یہ تھی کہ ملیحہ کل صبح اپنے بستر پر مردہ پائی گئی۔ ڈاکٹروں کا خیال ہے اُسے سائلنٹ

ہارٹ اٹیک ہوا تھا۔

اور آج ہی اسے سمن کا خط ملا ہے۔ ملیحہ کی داستان کا خلاصہ۔ اُس نے لکھا ہے۔۔۔۔۔۔۔

ملیحہ اُس کے بچپن کی دوست ہے۔ وہ بچپن ہی سے بہت نرم خو اور صابر تھی۔ حالانکہ ایک دولت مند گھرانے سے تھی مگر اس میں امیروں والی کوئی خُو بُو نہیں تھی۔ اس کے برعکس وہ بڑی منکسر مزاج تھی۔

بڑے گھر کی بیٹی تھی، بڑے گھر کی بہو بنی۔ اُس کے شوہر کا کاروبار کئی ملکوں میں پھیلا ہوا تھا۔ وہ اکثر باہر دوروں پر رہتا۔ ملیحہ نے کبھی کسی کے سامنے اپنے شوہر کی سختی، سستی یا بے راہ روی کی شکایت نہیں کی تھی۔ وہ ہمیشہ سے ہی بڑی گہری تھی۔ مگر مجھ سے اُس کی کوئی بات چھپی نہ تھی۔ وہ ایک عیاش شخص تھا اور اِس معاملے میں اسے ملیحہ کے جذبات کی کوئی پروانہ تھی۔ ابتدا میں اِس نے اُس کی بے راہ روی کا شکوہ کیا تو بجائے شرمندہ ہونے اور اپنی اصلاح کرنے کے اُس کے ساتھ سختی سے پیش آنے لگا۔ دل شکستہ ہو کر اُس نے خاموشی اختیار کر لی اور اپنی واحد اولاد اپنے بیٹے کی خاطر حالات سے سمجھوتہ کر لیا۔ میں نے اُسے لاکھ سمجھایا کہ اُسے ایسے سمجھوتوں کی کوئی ضرورت نہیں۔ وہ اپنی زندگی یوں تباہ نہ کرے مگر وہ اپنے والدین کو دکھ نہیں دینا چاہتی تھی اور اپنے بیٹے کو ایک ٹوٹے ہوئے گھر کے کرب اور احساسِ کمتری میں مبتلا نہیں کرنا چاہتی تھی۔ اُس نے خود کو سماجی بہبود اور رضا کارانہ کاموں میں مصروف کر لیا۔ مطالعے میں دل لگالیا۔ فالتو وقت میں موسیقی سے بھی لطف اندوز ہوتی۔ پیسے کی فراوانی تھی۔ آنے جانے پر کوئی پابندی نہ تھی۔ یوں لوگوں کی نظر میں اُس کے حالات بہ ظاہر قابلِ رشک تھے۔

اصل حالات کیا تھے، یہ تو صرف وہ خود جانتی تھی اور جب کہ اُس کے والدین گزر

گئے تھے۔ بیٹا جوان ہو گیا تھا کہ اچانک ایک روز یہ دھماکہ خیز انکشاف ہوا کہ ملیحہ کو ایڈز ہو گئی ہے۔ پھر تو گویا طوفان آ گیا۔ دوست احباب لعنت ملامت کرنے لگے، رشتہ دار تھو تھو کرنے لگے اور اس کے شوہر نے آوارگی اور بدچلنی کے اس زندہ ثبوت کو گھر سے نکال دیا۔ اُس کی واحد اولاد اُس کے بیٹے نے بھی نفرت کا اظہار کیا۔ ملیحہ کا دل ان حالات کی سفاکی سے اِس بری طرح ٹوٹا کہ نہ اُس نے کوئی احتجاج کیا اور نہ اپنے دفاع میں ایک لفظ تک بولی۔ بس پتھر کی ہو گئی اور ہسپتال رہنے چلی آئی۔

میں تو صرف اُس کی دوست ہوں پھر بھی پورے یقین سے کہہ سکتی ہوں کہ وہ نہ آوارہ ہے نہ بدچلن۔ اُس کے شوہر کو بھی چھوڑیں، کیا اُس کے بیٹے کو بھی کوئی اندازہ نہیں ماں کے کردار کا۔

میں ڈاکٹر تو نہیں، مگر مجھے معلوم ہے، مجھے یقین ہے کہ اُسے یہ بیماری اپنے شوہر سے ملی ہے۔ وہی کیریئر ہے اس بیماری کا۔ یہ کمزور اور نازک تھی اِس پر اثرات جلد ظاہر ہو گئے، اس پر چاہے بعد میں اثر ظاہر ہو مگر وہ مرے گا ایڈز سے ہی۔۔۔ آوارہ، بدچلن، کمینہ!

اور شازینہ کو ملیحہ سے دو روز پہلے کی گفتگو یاد آئی جب اُس نے کہا تھا۔

"ملیحہ پلیز! خود کو یوں پتھر نہ بناؤ، اپنا آپ کھولو۔ کہہ دو ساری باتیں۔ اتار دو یہ بے حسی کا خول۔ دوستی کے ناتے ہی اپنا بوجھ میرے ساتھ بانٹ لو۔"

"بہت شکریہ شازینہ! مگر میرے پاس بتانے کو کچھ نہیں۔ یہ گولڈ فِش دیکھ رہی ہو نا، اس کی یادداشت صرف تیس سیکنڈ ہوتی ہے۔ ہر تیس سیکنڈ کے بعد اس کی نئی زندگی شروع ہوتی ہے۔ مجھے بھی اس گولڈ فِش کی طرح اپنی موجودہ اذیت اور کرب کے سوا کچھ یاد نہیں۔ زندگی، زندگی کے احساس کے سوا اور کیا ہے میری دوست! اور جب یہ

گولڈ ِفش مرے گی تو وہ آخری تیس سیکنڈ جو اِس کی یادداشت میں ہوں گے وہ موت کی اذیت ہوگی۔ گویا وہ اپنی پوری زندگی صرف مرتی رہی ہے۔

آپ سمجھ رہی ہیں نا!"

اُس نے کہا تھا۔

Ref.: caarwan.com

* * *

منتخب افسانوں کا ایک اور مجموعہ

منتخب اردو افسانے

(حصہ سوم)

مرتبہ : سید حیدر آبادی

بین الاقوامی ایڈیشن منظر عام پر آچکا ہے